UPPS – TOT

Ach, es ist so schnell passiert: Ein Spaziergang entlang der Klippen … ein Segeltörn im Haifischgebiet … eine Rangelei unter Freunden … manchmal reicht eben ein kleiner Schubs: UPPS! Gemordet wird immer – ob im Urlaub oder im Alltag, auf vielfältige Art und Weise!

Erstmalig versammelt Jutta Wilbertz in einem Band die besten ihrer in zahlreichen Anthologien erschienenen Kurzkrimis sowie eine Auswahl ihrer witzig-rabenschwarzen Songtexte. Gerne in der Badewanne zu lesen und manchmal auch zu singen – aber passen Sie auf den Föhn auf!

Die Autorin

Jutta Wilbertz studierte Angewandte Theaterwissenschaften in Gießen und lebt heute als Krimiautorin, Musikkabarettistin und Textdichterin in Köln. Mit ihren oft witzig-bösen Kurzkrimis stand sie 2018 auf der Shortlist des Publikumspreises für den NordMordAward und gewann 2017 den 1. Ostfriesischen Krimipreis. 2011 gehörte sie zu den ausgewählten Textdichter-Stipendiaten der Celler Schule (Masterclass GEMA Stiftung). Sie tritt regelmäßig zusammen mit ihrem Mann Thomas mit ihren literarisch-musikalischen „Krimis & Songs"-Abenden auf.

www.jutta-wilbertz.de

Jutta Wilbertz

UPPS – TOT

Kurzkrimis & böse Songs

witzig – spannend – mörderisch

Bibliografische Information der Deutschen Nationalbibliothek:
Die Deutsche Nationalbibliothek verzeichnet diese Publikation in der
Deutschen Nationalbibliografie; detaillierte bibliografische Daten sind
im Internet über http://dnb.dnb.de abrufbar.

© Neuauflage 2023 - Jutta Wilbertz, Köln (www.jutta-wilbertz.de)
Umschlaggestaltung: Thomas Wilbertz
Fotovorlagen: Andrea Brenn

Herstellung und Verlag: BoD – Books on Demand, Norderstedt
ISBN 978-3-7519-9016-5

INHALT

IN DIE WÜSTE GESCHICKT

Es ist vier Uhr Nachmittag, als ich im Hotel einchecke und meinen Kram aufs Zimmer schleppe. Sieht nett hier aus. Ich kenne ja leider auch ganz andere Absteigen. Obwohl, auf dieser Tour kann ich mich bis jetzt nicht beklagen, immer saubere Duschen, leckeres Rührei zum Frühstück und nicht zu weiche Betten. Meine Agentur hat das ganz ordentlich organisiert, 4 Wochen an der Küste und auf den Inseln, Auftritte, Krabbenbrötchen, Strandspaziergänge, Muscheln sammeln! Eigentlich ist das hier ein bisschen wie bezahlter Urlaub!

Ich liebe das Meer! Vielleicht, weil ich aus dem Bergischen stamme, da ist alles so eng, immer irgendein blöder Hügel im Weg, der die Sicht versperrt. Das mit dem Bergischen will mir übrigens keiner glauben. Ich bin schlank und hochbeinig, ganz und gar die kühle Blonde aus dem Norden. Hamburg, nicht Bergneustadt. Die Gage war jedenfalls insgesamt recht gut, heute mache ich noch diese private Geburtstagsfeier hier in Norddeich und danach ist mein Konto endlich wieder schön im Plus und ich kann in Ruhe wegfahren, mein neues Programm vorbereiten, Provence oder so, jedenfalls nicht Italien, auf gar keinen Fall Italien.

Ich wuchte den Instrumentenrucksack aufs Bett und gehe ans Fenster, um das Meer zu sehen. Es ist nicht da. Nur eine graue, schlammige Matsche, soweit das Auge reicht. Aber das ist okay. Ich habe die Nordsee schon immer gemocht. Ehrlich ist sie, spröde, verspricht nichts, dabei konsequent in ihrer Wechselhaftigkeit – und wenn das Wasser zurückgewichen ist, findet man mitten im Schlamm die schönsten Reichtümer. Das Mittelmeer dagegen, das einen so verführerisch blau an glitzert, Schätze und versunkene Welten verspricht, ist nur ein aufgeblasener Blender. Das merkt man schon beim Schnorcheln, alles leergejagt von den Italos mit ihren blöden Harpunen, man sieht höchstens eine verrostete Cola-Dose auf dem Grund, an der man sich dann auch noch den Fuß aufschlitzt. Das Mittelmeer ist genau wie die Männer. Genau wie Lorenzo, um es mal auf den Punkt zu bringen, aber an Lorenzo will ich jetzt nicht denken. Hab das Ganze viel zu lange mitgemacht, es war wirklich höchste Zeit, ihn in die Wüste zu schicken. Hoffe, dass er da bleibt.

Ich öffne den Koffer, hänge mein Bühnenoutfit an die Schranktür, dann ziehe ich mein Schätzchen aus dem Rucksack, überprüfe, ob es ihm gut geht. Das ist ein Tick von mir, denn natürlich ist alles in Ordnung. Ich ziehe den Balg, poliere die Oberfläche, drücke ein paar Knöpfe. Letzten Endes hat sich mein Beruf ganz von selbst ergeben. Seit meinem sechsten Lebensjahr spiele ich Akkordeon, erst Schneewalzer und Polka, später dann Musette und Tango. Und ich singe gern, schon mit vierzehn habe ich – mich selbst begleitend und lauthals Edith Piaf schmetternd – ein ansehnliches Taschengeld auf Hochzeiten und Schützenfesten verdient. Während der Studienzeit – ich hab mal BWL studiert, ja, wirklich – war das ein willkommenes Zubrot und als ich keine Lust mehr auf diese langweiligen Köppe in der Fakultät hatte, habe ich mir kurzerhand eine Agentur gesucht, mich professionalisiert. Die erste Agentur musste ich allerdings bald wieder in die Wüste schicken, bin kein Rosenresli, das noch nicht einmal selber richtig spielen darf, nur blöde grinsen und viel Busen im knappen Dirndl zeigen, während die Jungs in Lederhosen die Holzfällerbuam geben. Es hat eine Weile gedauert, bis ich meine jetzige Agentur gefunden habe, aber seitdem läuft es richtig gut! Nun kann ich zeigen, wie virtuos und erotisch Akkordeon sein kann! Ich toure mit meinem Bühnenprogramm und habe zu dem viele, gutbezahlte Gala-Auftritte, die mir Spaß machen und bei denen ich die Herrschaften auch schon mal mit einem richtig vertrackten Piazzolla oder einem Kurt Weill verblüffe. Am liebsten mag man mich allerdings mondän, im Herrenanzug und Zylinder, unter der Anzugjacke eher luftig gekleidet, etwas schwarze Spitze oder so. Mysteriös, glamourös, verführerisch. Marlene Dietrich gibt sich die Ehre. Und dann raune ich „Ich bin von Kopf bis Fuß auf Liebe eingestellt" oder, wie jetzt hier bei der Nordseetour, ein paar rauchige Shantys. „Lili Marlen", die darf natürlich auch nicht fehlen, wobei ich dann schon immer auf die wahre Lili Marlen, nämlich Lale Anderson, hinweise. Ehre, wem Ehre gebührt und das norddeutsche Publikum weiß es zu schätzen.

Die Feier des alten Herrn geht um sieben Uhr los, hier im Hotel, mit Sektempfang, Krabbenkräcker, einem fünf Gänge Menü und zwischendurch serviere ich dann abwechselnd instrumentale Evergreens und Chansons. Ich habe noch ein wenig Zeit und überlege, ob ich mir den hoteleigenen Wellness-Bereich gönnen soll. Allerdings habe ich gleich die kühle Marlene zu geben, da wäre es gar nicht gut, wenn das Publikum mich vorher rot, verschwitzt und wie Gott mich schuf in der Sauna antrifft. Ganz abgesehen davon, dass dann auch das Publikum rot, verschwitzt und so weiter wäre. Nein, das muss ich nicht haben. Der alte Herr hat groß eingeladen, sicherlich wimmelt es hier von Partygästen. Also lieber kurz geduscht und ab nach draußen. Vor der Tür atme ich tief die salzige Luft ein, marschiere los und bemerke jetzt erst, dass ich die ganze Zeit „Lili Marlen" vor mich hin summe – ausgerechnet!

„Vor der Kaserne, vor dem großen Tor." Seit Ewigkeiten habe ich das im Repertoire, aber erst seit Lorenzo weiß ich, was das arme Mädel eigentlich mitgemacht hat … Lorenzo. Ach herrjeh. Den habe ich vor einigen Monaten in Bari kennengelernt. Und da ist es dann passiert. Die große Liebe! Als ich Lorenzo in seiner Uniform sah – ein echter Carabiniere – da ist wohl irgendetwas mit mir durchgegangen. Wahrscheinlich habe ich einfach zu viele Marlene Dietrich- Filme geguckt. „Marokko", wo sie zum Schluss ihr Nachtclubleben aufgibt und dem Fremdenlegionär Gary Cooper in die Wüste folgt, barfuß, liebend, Abblende, The End.
Zugegeben, Lorenzo hat schon etwas von Gary

Cooper: Hochgewachsen, ein tragisch verschlossenes Gesicht, nur in seltenen Momenten offen und voller Leidenschaft. Und natürlich will Frau dann diejenige sein, die diesen Gesichtsausdruck hervorruft, die den einsamen Wolf erlöst. Idiotisch. Wie gesagt, ich habe ihn in die Wüste geschickt, da soll er bleiben und ich werde einen Teufel tun und doch noch hinterherlaufen.

Ich weiß eigentlich gar nicht genau, wohin ich mich wenden soll, schlendere schließlich Richtung Mole. Ich kenne Norddeich noch aus meiner Kindheit, als ich jedes Jahr mit Ferienfreizeiten an die Nordsee fuhr. Die Wattwanderungen waren stets der Höhepunkt! Diese Begeisterung, wenn wir besonders schöne Muscheln entdeckt hatten, die „Iihs" bei den Prilwürmern und „Ooohs" bei den Krebsen und natürlich das gruselige Gefühl, wenn sich erste Anzeichen der Flut zeigten und wir uns schleunigst auf den Rückweg machten.

Abendstimmung an der Mole, Möwen kreischen, ich denke an Lili Marlen und muss fast lachen. Herrjeh, eigentlich war sie doch auch nur eine blöde Kuh. Genau wie ich. Dabei war es zunächst so romantisch mit Lorenzo! Rosen, kleine Restaurants, dann ins Hotel. Sein Geruch, sein Mund an meinem Ohr, wenn er „Amore mio" flüsterte ... ach, da schmolz ich einfach dahin. Gut, er hätte mir auch das Telefonbuch vorlesen können, mit dieser unglaublich männlichen, warmen Stimme und den klingenden Vokalen, weichen Konsonanten und dem rollenden „R". Italienisch bringt mich einfach

11

in Wallung, ich kann nichts dafür. Für Lorenzo reichten meine VHS-Sprachkenntnisse so gerade, insgesamt war unsere Kommunikation ja sowieso eher mager. Immerhin konnte er ganz passabel „Kartoffel" sagen, sein Englisch war nur unerheblich besser, aber na ja, wir haben eh nicht viel geredet.

Ich schlendere weiter, fühle mich allein, so richtig schön allein. Und freue mich auf das neue Bühnenprogramm, das ich nun endlich in Ruhe zusammenstellen will. Das hatte ich schon ewig vor, aber mit Lorenzo war das nicht möglich, viel zu viel Unruhe. Vielleicht nehme ich italienische Schlager aus den fünfziger Jahren – für irgendetwas muss diese Beziehung doch gut gewesen sein.

Natürlich dauerte die ganze Sache viel zu lange, ich stand liebeskrank vor der Kaserne, vor dem großen Tor, hatte hausfrauliche Visionen von Lorenzo und einem Haufen Bambini und mir als Pasta kochender sexy Mamma am Herd … aber das ließ dann doch wieder nach, spätestens, als meine Agentur mailte und die neuen Termine durch gab. Und damit ging der Ärger los. Völlig naiv zeigte ich Lorenzo meine Pressefotos, auf die ich wirklich stolz bin: lässig-lasziv, in schwarzer Spitze, mit Akkordeon und High Heels. Seine Reaktion war – nun, heftig.

Ich packte sofort meine Sachen und konnte von Glück sagen, dass mein erster Job in Deutschland eine Studiosache war, das Veilchen brauchte mehrere Tage und viel Schminke, bis ich wieder passabel die Marlene geben konnte. Er stand kurze Zeit später vor meiner Tür in Frankfurt, völlig aufgelöst und voller Reue, es sei einfach mit ihm durchgegangen, weil er mich doch so liebe, „Sei mia – du gehört mir!". Und dann hat er geweint – und das hat mich umgehauen, dass so ein echter, harter Kerl meinetwegen Tränen vergisst, da bin ich natürlich weich geworden ... ich blöde Kuh. Tja, und dann Fernbeziehung, Dramen ohne Ende, weil er sich partout nicht mit meinem Beruf arrangieren wollte. Natürlich war ich diejenige, die immer hinfuhr, ihn in Hotels traf, er kam ja selten weg aus der Kaserne. Warum ich das mitgemacht habe? Ach, ich habe wohl wirklich einfach zu viele Filme gesehen. Eigentlich war das doch alles Klischee pur! In Deutschland war mir das auch immer völlig klar, aber wenn ich dann wieder bei ihm war … ich hing halt am Haken.

Das letzte Mal präsentierte er mir stolz die Schlüssel für eine Wohnung am Stadtrand. Er müsse zwar leider noch heute Abend auf einen spontanen, mehrtägigen Truppeneinsatz, aber ich könne doch schon mal in das Appartamento ziehen und anfangen, alles herzurichten. Denn in Zukunft würde ich dort leben, jederzeit bereit für ihn, wenn er Ausgang habe und dann würden wir auch bald heiraten und Kinder machen.

„Du bleibst jetzt hier!" sagte er und zerriss demonstrativ mein Flugticket – das war zwar Unsinn, gebucht ist gebucht, aber Lorenzo hatte schon immer einen Sinn für dramatische Effekte und dachte wohl, ich fände das romantisch. Fand ich nicht. Und setzte ihm nun doch differenziert auseinander (inzwischen kann ich nämlich sehr gut

Italienisch, während er sogar die Kartoffel vergessen hat), warum ich das für keine so gute Idee halte – und dass wir vielleicht doch zu verschieden sind und uns trennen sollten – und das zu sagen war erst recht keine gute Idee, die Druckstellen am Hals waren nicht ohne. Er hat sich natürlich sofort tausendmal entschuldigt, er liebe mich doch so sehr und dann musste er Gottseidank los. Die Kaserne hinterm großen Tor versteht da keinen Spaß. Manchmal haben militärische Strukturen ja durchaus auch ihre Vorteile.

Jedenfalls, kaum war er weg, war ich es auch. War weg, bin immer noch weg, hab eine neue Handynummer, wer was von mir will, kann die Agentur anrufen. Bin auf Tour und mir geht es gut. Na ja, meistens. Ein paar Schlaftabletten habe ich in der Handtasche, okay, seine Hände an meiner Kehle war schon eine existenzielle Erfahrung. Manchmal hält mich das ein bisschen wach und Schlafmangel kann ich mir in meinem Beruf nicht leisten. Aber sonst? Alles im grünen Bereich, die Sache ist abgehakt.

Gerade jetzt hält ein Zug an der Mole und ein Schwarm von Reisenden ergießt sich auf den Bahnsteig. Es sind viele Rentner darunter, die die Nachsaison nutzen, auf die Inseln wollen. Alle haben es furchtbar eilig, einige müssen noch Tickets kaufen, können sich nicht entscheiden, ob sie gemeinsam anstehen oder sich doch lieber aufteilen sollen, auf dass einer die Koffer und die Fähre im Auge behält, sie könnte ja zu früh ablegen und es ist die letzte heute … na ja, da würden verzweifelte Blicke auch nichts helfen. Ich grinse. Reisende sind schon ein Völkchen für sich.

Jetzt kommt einer mit langen Schritten in meine Richtung, also gibt es auch ein paar richtige Norddeichbesucher, vielleicht sogar ein Partygast. Hochgewachsen ist er, er kommt mir bekannt vor – nein, das ist jetzt nicht wahr! Das ist eine Halluzination, bestimmt! Habe normalerweise keine Halluzinationen, bin lediglich zur Zeit ein wenig schreckhaft, wer wäre das nicht, vorgestern der Eisverkäufer in Wilhelmshaven, der mir mit diesem typischen süditalienischen Akzent „Bella!" hinterhergerufen hat – der hat schon für einen Adrenalin-Stoß gesorgt. Dabei war der klein und dick und sah überhaupt nicht aus wie Gary Cooper. Aber jetzt. Oh Gott, er ist es wirklich. Das ist doch völlig unmöglich! Hilfe!

„Amore!" Strahlendes Lächeln, blitzende Augen, Lorenzo! Stocksteif steh ich da, starre ihn an und da hat er mich auch schon gepackt und geküsst. Als ob nie etwas gewesen wäre.

„Carissima!"

„Ähm", sage ich, und da küsst er mich schon wieder, mein Kopf zuckt zurück, hilft aber nichts.

„Wie hast du mich gefunden?", frage ich, als er endlich mal Atem schöpft und versuche, mich vorsichtig loszumachen. Klappt aber nicht, er ist halt ziemlich gut durchtrainiert, was er festhält, hält er fest. Na ja, ohne diesen Halt würde ich wahrscheinlich einfach umfallen, so schlecht ist mir.

Mein Auftritt, verdammt, was soll ich nur tun? Verrückt, jetzt an den Auftritt zu denken, habe ich keine anderen Sorgen?

Er lacht, zeigt seine schneeweißen Zähne, schaut mir tief in die Augen: „Il destino, das Schicksal hat es so gewollt, Cara, nur das Schicksal."

„Und meine Homepage", fällt mir ein, da stehen ja die Tour-Daten drauf. Mist! Aber wer kann denn ahnen, dass mir der Typ tatsächlich hinterher reist. Und dass die in der Kaserne ihn einfach reisen lassen. Und außerdem habe ich einen wirklich knackigen drei-Sätze-Abschiedsbrief hinterlassen (wie gesagt, mein Italienisch ist inzwischen ziemlich gut – auch die vulgäre Variante von „Du kannst mich mal") und dachte, es sei alles geklärt. Ich bin wohl doch ganz schön naiv.

Er will mich schon wieder küssen und dieses Mal lasse ich ihn. Lieber nichts riskieren! Dass ich eben vor ihm zurückgewichen bin, hat ihm nicht gefallen, ich kenne diesen Ausdruck, der für einen kurzen Moment in seinen Augen war.

„Und jetzt gehen wir in dein Hotel und morgen kommst Du mit mir nach Bari. Schluss mit deiner Hurerei auf der Bühne. Du gehörst mir und wirst meine Frau. Du willst es doch auch. Ich weiß es."

„Nie!", will ich sagen und „ Ich mache Kunst, du eifersüchtiger Dreckskerl!", aber nun sind seine Augen ganz hart und schwarz, da will ich lieber nicht diskutieren. Aber auf gar keinen Fall darf er in die Nähe des Hotels.

Ein Latin Lover war vertraglich nicht vorgesehen. Ein Latin Schläger erst recht nicht. Also lächle ich und gebe ihm einen Kuss auf die Wange.

„Mach nicht so ein Gesicht, du hast völlig Recht", gurre ich. „Komm, lass uns was trinken gehen, feiern."

Sofort wird sein Ausdruck weich. „Endlich wirst du vernünftig", raunt er und will ein italienisches Restaurant suchen, war ja klar. Er hat noch nie anders als Italienisch gegessen, glaubt, dass er von der deutschen Küche krank würde, und überhaupt, Deutschland findet er hässlich, grau und langweilig. Bis auf das eine Mal in Frankfurt ist er ja auch nie mehr hergekommen.

Ich schaffe es, ihn erst mal in die Cocktailbar im *Fährhaus* zu bugsieren. Ich will nicht, dass irgendjemand unser Gespräch versteht und ich will auch nicht in die Nähe meines Hotels. Im *Fährhaus* findet wohl gerade eine Tagung statt, die Bar ist rappelvoll, wir sitzen ganz in der Ecke und Lorenzo holt unsere Getränke. Einen Martini für mich, einen doppelten Whisky für sich. Das ist gut. Auch wenn er den harten Mann gibt – er verträgt nicht gerade viel. Und Alkohol lässt ihn friedlich werden. Gefährlich ist er nur nüchtern.

Nun hat er seinen Arm um mich gelegt und teilt mir in vertraulichem Ton mit, dass ich ihm gehöre, ihm allein. Jedenfalls keinem anderen, dafür werde er sorgen. Dann verschwindet er auf die Toilette und mein Kopf rattert. Ich muss gleich auftreten, was soll ich nur tun, ich könnte jetzt abhauen, aber dann kommt er hinterher und macht einen Skandal, das geht nicht, ich bin Profi!

Als Lorenzo zurückkommt, wirft er einen raschen

Blick in die Runde, ob sich auch kein anderer Mann in meine Nähe gewagt hat.

„Auf uns, für immer", hauche ich schnell, bevor er wieder den Arm um mich legt.

„Auf uns", sagt er zufrieden und kippt den restlichen Whisky runter.

„Es ist zu früh zum Essen", sage ich „lass uns ans Wasser gehen. Weißt du noch, unsere Nacht am Strand von Monticelli?"

Ja, er weiß es noch. Und genau darauf hat er jetzt Lust. Strand, Meeresrauschen, heiße Liebesschwüre, und ich endlich wieder sein Eigentum. Dass es bald dunkel ist und ein frischer Wind weht, stört ihn nicht. Hat ihn noch nie gestört, man muss ja dabei nicht unbedingt im Sand liegen. Also gehen wir los, weg vom Hafen, den Weg am Deich entlang, vor uns eine einsame Weite, kein Mensch zu sehen, und das Meer lässt sich immer noch nicht blicken. Am Strand ziehe ich die Schuhe aus und laufe einfach los, in die Weite, Richtung Meeresrauschen!

„Vieni, Lorenzo", rufe ich lachend. Er kommt mir nach, lacht ebenfalls, aber dann schlägt seine Stimmung auch schon wieder um, was soll das hier, komm zurück, von wegen Meer, das sei ja wieder alles so typisch deutsch, nur grauer Matsch, armes Deutschland, kein Vergleich zu den Stränden Italiens, viel zu weit vom Wasser weg, wer tut sich denn sowas an, seine Sprache wird undeutlicher und dann flucht er, er ist mit seinen teuren Schuhen in ein Schlickloch getreten.

Ich bleibe stehen. „Vieni amore!"

Und erinnere ich ihn wieder an Monticelli, das

spornt ihn an. Ich höre das Rauschen, der leichte Grusel meiner Kindheit stellt sich ein, aber ich ignoriere ihn. Lorenzo ist ruhig geworden, trottet hinter mir her und atmet schwer.

„Was ist los?", frage ich, aber da ist er auch schon zusammengesackt, hockt im Matsch.

„Amore?", frage ich.

Er winkt ab, versucht, wieder aufzustehen. „Aspetta, momento", lallt er, versucht es noch einmal, aber es geht nicht. Und dann kippt er auf die Seite, liegt da wie ein Embryo, ganz zusammengezogen, seufzt, grunzt etwas und sein Atem wird ruhig und gleichmäßig. Es ist jetzt fast ganz dunkel, aber ich weiß, wie sein Gesicht aussieht. Wie ein Erzengel. Wie oft hab ich ihn verzückt angeschaut, wenn er eingeschlafen war, danach. Vorsichtig lege ich ihn etwas bequemer hin, bette liebevoll seinen Kopf auf den Arm, damit er noch eine Weile Luft bekommt. Stabile Seitenlage nennt man das. Dann muss ich los, zum Auftritt.

Der ist übrigens ein voller Erfolg! Als ich die „Lili Marlen" singe, habe ich selber eine Gänsehaut, so gut war ich noch nie. Vielleicht, weil ich so intensiv an Lorenzo denken muss, mit seinem Gary Cooper Gesicht, das im Schlaf so weich und zärtlich aussieht. Eigentlich hätte er immer schlafen sollen. Gut, in einer gewissen Weise tut er das jetzt auch. Ein verirrter Tourist, der sich nicht mit den Gezeiten auskannte, was für ein bedauerlicher Unfall. Bis er irgendwo angeschwemmt wird, bin ich schon weg. Und hoffe einfach, dass sich keiner aus der Bar an uns erinnert, es war wirklich ziemlich voll.

Jedenfalls habe ich zum Todeszeitpunkt durch Ertrinken *In Oostfreesland is't am besten* gesungen, da gibt es Zeugen. Seinen Pass schmeiß ich später weg. Und den Rest der Schlaftabletten habe ich ins Klo geschüttet. Ehrlich gesagt sind die mir dann doch zu stark. Die eine in Lorenzos letztem Whisky hat ja völlig für ihn gereicht. Und ich brauch sie nicht mehr. Das Kapitel Lorenzo ist also endlich abgeschlossen. Hab ihn ins Watt geschickt – in der Wüste wollte er ja nicht bleiben.

erschienen in „Feinste Friesenmorde", Hrsg. Peter Gerdes/ Sandra Lübkes; Leda Verlag 2017
Siegergeschichte beim 1.Ostfriesischen Krimipreis 2017

♫ GUTE NACHT, JOHNNY

Es ist Nacht, Johnny,
du bist ganz schön zu gedröhnt,
da bleibst du besser hier!
Ein Mann wie du, Johnny
ist das Trinken zwar gewöhnt
doch das war wohl ein Glas zu viel mit mir!

Träume süß, Johnny,
dein Gesicht ist schmal und still,
du siehst so friedlich aus.
Träum von mir, Johnny,
das ist doch alles, was ich will:
dass du dich bei mir fühlst ganz wie zu Haus.

„Lieb keinen treulosen Matrosen!
Das geht doch völlig in die Hosen",
hat meine Mutter mich gewarnt.
„Und dann noch, Johnny, so ein Name
steht nicht grad für monogame
Beziehungen", und dass ihr dabei Übles schwant.

Ich hab gelacht, Johnny,
wollt' sie einfach nicht verstehn,
ich dachte, du liebst nur mich!
Doch dann hab ich, Johnny
auf deinem Handy was gesehn
das war für unsre Liebe ziemlich abträglich:

Ein Selfie mit Pen-Meih,
nackt in Shanghei!

Und noch eins mit Susanna,
im Hafen von Havanna!
Auch Mareille in Marseille
schien mit Reizen nicht zu geizen!
Doch der Gipfel war der Zipfel von Theo
– in Montevideo!

Gute Nacht, Johnny!
Da schläfst du nun, ganz tief und fest,
mein allerliebster Matrose!
Das Veronal, Johnny,
in deinem Glas gab dir den Rest;
das wirkt wie eine gut dosierte Vollnarkose

Gute Nacht Johnny,
ich klapp den Deckel leise zu:
Nun hast du deine Ruhe.
Und wenn ich Lust hab,
Johnny, hab ich mit dir ein Rendezvous,
du bleibst ja knackig frisch in meiner Tiefkühltruhe!
Gute Nacht, Johnny !
Gute Nacht, Johnny!
Träum süß!
Hoffentlich gibt es keinen Stromausfall ...

(2016)

NEZ DE JOBOURG

„Also, dieser Cidre, das ist doch nichts Halbes und nichts Ganzes", sagt Elke und schnüffelt missbilligend an ihrem Glas. Wir sitzen draußen, in einem kleinem Restaurant am Hafen von Barfleur, die Sonne scheint, wir haben „Muscheln à la Normande" gegessen, fangfrisch, mit Crème Fraîche zubereitet, die Möwen kreischen, alles ist richtig, so wie früher. Fast.

Ich seufze. Nein, ist es nicht. Wird es nie mehr sein. Und was hat mich nur geritten, ausgerechnet mit Elke hierhin zu fahren? Ich kenne sie nun doch wirklich schon lange genug!

„Was stimmt denn damit nicht?", frage ich trotzdem müde, denn ich weiß, wenn ich nicht reagiere, läuft Elke erst Recht zu Hochtouren auf.

„Ach", sagt sie, „was soll damit nicht stimmen, er ist genauso nichtssagend und labbrig wie das Zeug, dass wir gestern getrunken haben. Was gäbe ich jetzt für ein schönes, dunkles Guinness."

„Dann bestell dir doch ein Bier, du musst keinen Cidre trinken, wenn du ihn nicht magst".

Sie schüttelt empört den Kopf.

„Erstens sind die Franzosen sowieso nicht in der Lage, ein vernünftiges Bier zu brauen und zweitens sind wir in deiner geliebten Normandie und ich habe versprochen, mich auf alles Landestypische einzulassen. Ich halte mich an die Spielregeln."

Und mit einem Ausdruck der Verachtung im Gesicht kippt sie den Rest runter.

„Na ja, zumindest hat er so wenig Prozent, dass du

noch fahren kannst. Ich muss jetzt aufs Klo und dann können wir ja los." Sie steht auf und geht hinein. Ich nippe an meinem Glas und versuche, etwas zu fühlen. Versuche, mich an der Hafenszenerie zu erfreuen, an dem nostalgischen Karussell mit den hübschen weißen Pferden, das ich schon lange kenne, an den fröhlich jauchzenden Kindern, an den im Wasser schwappenden Booten und dem Geruch von Meer. Es geht nicht.

„Ist ja schon ganz nett hier ", sagt Elke gönnerhaft und lässt sich wieder auf den Stuhl mir gegenüber fallen. „Erinnert mich total an ein kleines Dorf im Südwesten von Irland, hab jetzt den Namen vergessen, aber es war wirklich so was von idyllisch. Lag ganz eingebettet in einer Bucht, mit einem Klippenwanderweg zu beiden Seiten, da hatte man eine Sicht, einfach unbeschreiblich! Hier ist es ja eher ziemlich platt"

„Ja", sage ich, was soll ich auch sagen, hier an der Ostküste gibt's keine Klippen, da hat sie schon Recht. Aber es ist wunderschön! Und vielleicht würde es mir und diesem kalten Klumpen in mir ja helfen, wenn Elke es auch wunderschön fände. Tut sie aber nicht.

„Dort habe ich übrigens auch Muscheln gegessen, also, die waren sagenhaft. Angemacht mit dunklem Bier und Knoblauch, das musst du mal probieren, dafür lässt du die Muscheln hier sofort stehen!"

War ja klar. Elke, wie sie leibt und lebt. Ganz gleich, was man ihr erzählt, sie hat immer eine bessere Variante zu bieten. Schenkt man ihr das neuste Buch eines angesagten Autors, dann erzählt sie mit Sicherheit begeistert von dem allerneusten und viel interessanterem Buch eines anderen Autors. Gehen wir zusammen ins Kino, dann überlegt sie während der Vorführung laut, an welchen Film sie der Plot erinnert – der sowieso das unerreichte Original sei. Zeige ich ihr stolz meine neue grüne Strickjacke, erzählt sie von ihrem Schnäppchenkauf, auch in grün, aber wesentlich schicker.

Und das erste, was sie gestern bei unserer Rundfahrt entlang der wilden Westküste sagte, war: „Nett, hier sieht's ja aus wie in Irland. Nur viel kleiner und unspektakulärer."

Normalerweise stört mich das nicht, ich bin daran gewöhnt und eigentlich ist sie schon meine beste Freundin. Wir können auch gut zusammen lachen. Konnten es zumindest. Und in der Zeit nach Michas Unfall war sie wirklich der Engel an meiner Seite. Während ich nur benommen vor mich hin starrte, hat sie sich um alles gekümmert, die Beerdigung organisiert, die Freunde und Verwandten benachrichtigt, ich weiß nicht, was ich ohne sie getan hätte. Ja, sie kann sehr hilfsbereit und patent sein, keine Frage. Aber eben auch kritisch, nörglerisch und launenhaft. Gerade jetzt, in der Normandie, ist sie in Topform. Was ihre Launenhaftigkeit angeht. Und ihre Krittelei.

Warum habe ich sie nur gebeten, mitzufahren? Na ja, weil ich Angst hatte, Angst, dem Ganzen hier alleine zu begegnen, die Plätze wiederzusehen, an denen Micha und ich so glücklich waren. Ohne es zu wissen, so ist es ja oft im Leben, man nimmt den anderen für selbstverständlich. Erst wenn er weg ist, an einem blöden, stinknormalen Regentag nicht von der Arbeit wieder nach Hause kommt und man dann einen Anruf erhält, die Haare nass von der Dusche und die Einkaufstasche auf dem Küchentisch, mit Steaks und Rotwein, die man nie mehr ausgeräumt hat.

Jetzt bin ich hier, in der Normandie, zwei Jahre nach dem Tag X, der alles verändert hat. Micha und ich waren so oft auf dieser Halbinsel, im Département Manche, wir haben es hier geliebt. Und irgendwie habe ich gehofft, hier etwas wieder zu finden – etwas Leichtigkeit, etwas Leben, etwas Trost. Und mein Lachen. Denn seit zwei Jahren bin ich wie eingefroren. Aber mit Elke an meiner Seite wird das wohl nichts werden, das merke ich schon nach zwei Tagen. Ich hatte Angst vor der Wucht des Wiedersehens, vor der Erinnerung an kostbare Momente, hatte Angst, alleine davon überrollt zu werden – aber gerade jetzt denke ich, ich hätte es riskieren sollen.

Wir fahren zurück in unser Ferienhaus, in der Nähe von Vauville, um uns etwas auszuruhen, bevor wir uns dann im frühen Abend noch mal auf den Weg machen, zum Nez de Jobourg, einer der höchsten Klippen Europas. Das ist nicht weit von unserem Häuschen weg, darum wollen wir dort in Ruhe zu Abend essen, es gibt ein kleines Restaurant, ganz einsam auf den Klippen und ich freue mich schon darauf, Elke dieses sagenhafte Panorama zu zeigen.

Vielleicht verschlägt es ihr ja endlich einmal die Sprache, so, wie Micha und mir, als wir zum ersten Mal dort oben standen, tief unter uns die tosende See. Und jedes Mal, wenn wir wieder in der Normandie waren, haben wir einen Ausflug dorthin gemacht. Es war irgendwie unser magischer Ort, wir mussten einfach dort zusammen am Rand stehen, runter ins mal blaue, mal grau-bewegte Meer starren. Oft sahen wir die winzig klein erscheinenden Ausflugsboote tief unter uns, daran merkte man erst so richtig, wie hoch die Klippe eigentlich ist. Zweimal hatten wir dort auch eine Klettertour gebucht, ganz spektakulär die Klippen runter und dann in die Höhlen. Es war unbeschreiblich!

In meinem Zimmer schlafe ich sofort ein, das Meer, die Luft und die Erinnerungen machen müde. Es ist eine ganz kleine Ferienhausanlage, gerade mal drei Häuschen nebeneinander. Alles sehr friedlich, trotz der großen französischen Gruppe, die sich direkt neben uns eingemietet hat. Anscheinend eine Hochzeitsgesellschaft, heute Morgen haben wir alle piekfein herausgeputzt in die Autos steigen sehen. Gestern Abend hatten sie draußen gegrillt und uns freundlich zugenickt, als wir unseren Rotwein vor unserem Häuschen tranken.

Wir hatten zurückgegrüßt und auch da konnte sich Elke irgendwann nicht mehr zurückhalten: „In Irland hätte man uns schon längst dazu geholt und uns zum Essen genötigt. Die sind gastfreundlich, die Iren. Anders als die Franzosen."

Und wieder war ich in der Position, meine geliebte

Normandie verteidigen zu müssen. Es ist so anstrengend mit Elke. Gut, früher fand ich ihre spitze Zunge durchaus anregend und witzig. Aber da war ich noch eine andere.

Als wir im frühen Abend losfahren, hat sich der Himmel zugezogen und es weht ein starker Wind. Das ist schade, andererseits mag ich es, wenn alles etwas rauer und wilder ist und das Meer laut und ungezähmt gegen die Klippen tost. So ein bisschen Nieselregen macht mir nichts aus, Micha und ich sind bei jedem Wetter losgezogen.

Elke hat schlechte Laune, das merke ich gleich. „Blödes Wetter", schimpft sie, „in Irland ..." Sie bricht ab. Ihr ist wohl gerade klar geworden, dass Irland in der Beziehung nicht gerade punkten kann. Das ärgert sie, eindeutig.

„Hoffentlich ist das Essen da oben vernünftig." Schnell hat sie ein neues Thema gefunden.

„Ich meine, wenn ich vierzig Euro bezahle, dann will ich auch etwas dafür haben."

„Uns hat es immer geschmeckt", sage ich. „Und vierzig Euro ist für französische Küche nun wirklich nicht viel. Die Meeresfrüchte waren immer gut."

„Na ja, ihr seid ja auch anspruchslos, Euch schmeckt doch alles, wenn es nur französisch ist, oh, là, là, eine glitschieegeeee Pasteteee, s'il vous plaît ... Oh, Entschuldigung", wieder bricht sie ab.

„Schon gut", sage ich, aber es ist nicht gut. Dieses gedankenlose „ihr" im Präsens, das hat mir wieder einmal gezeigt, was ich verloren habe. Anstatt mit Micha heraufzufahren, gemeinsam schweigend diesen immer wieder neu umwerfenden, majestätischen Anblick zu genießen und dann Austern zu schlürfen, rumzualbern und eine schöne Flasche Weißwein zu trinken, bin ich mit einer alles zerredenden Endvierzigerin unterwegs.

„Nein", sagt Elke, als ich auf dem grasbewachsenen Parkplatz einbiege. „Mir ist das zu ungemütlich, lass uns morgen wieder kommen. Jetzt guck dir das an, wir sind wirklich die einzigen Verrückten, die hier rumlaufen wollen."
Da hat sie Recht, kein anderes Auto weit und breit. Aber ich kann jetzt nicht umkehren, nicht, wo wir so nah sind. Ich fühle mich ganz seltsam, ein Kribbeln, eine Unruhe, ich muss jetzt da hoch!
„Bitte", sage ich und meine das auch so, „bitte, ich habe mich so darauf gefreut, dir das zu zeigen. Du kannst dir das nicht vorstellen, du musst es einfach selber sehen, es geht so tief runter und das Meer ist so wild und …"
„Jaja", erwidert Elke unwirsch, „ich hab schließlich an den Cliffs of Moher in Westirland gestanden, ich weiß, wie das ist. An die kommt laut Reiseführer sowieso nichts anderes mehr ran, die sind einmalig! Weißt du was, geh du allein, ich warte im Auto."
„Dann bleib doch!" Jetzt will ich sie auch nicht mehr dabei haben. Es regnet immer noch, doch dann bricht urplötzlich ein Sonnenstrahl durch, und alles ist in ein magisches Licht getaucht! Mein Herz macht einen Ruck.
„Das gibt einen Regenbogen!", rufe ich und bin jetzt wirklich ganz aufgeregt. Auch Elke scheint nun interessiert. Ich gehe, nein, renne regelrecht

Richtung Klippen, während sie gemächlich hinterher schlendert. Wann bin ich das letzte Mal gerannt? Der Wind pfeift, die Luft ist salzig und schmeckt nach – ja, sie schmeckt nach Leben! Endlich!

Oben am Rand bleibe ich abrupt stehen – hier geht's über hundert Meter steil runter, die Brandung tost tief unter mir, links weitere Klippen, der Himmel dunkel-lila und über dem ganzen Wahnsinns-Panorama spannt sich – wie eine magische Brücke – ein Regenbogen.

Ich stehe still, mein Herz klopft wild. Es ist ein Moment, in dem Himmel und Erde sich berühren, ein heiliger, ein ehrfurchtsgebietender Moment. Ich stehe still, die Welt steht still, ich höre das Brausen des Meeres nur noch wie durch Watte und dann fühle ich es: Micha ist hier, hier bei mir! Ich kann seine Gegenwart deutlich spüren, ich weiß, er hat mir diesen Regenbogen geschickt, als Zeichen, dass er nicht für immer fort ist, dass er auf mich wartet, im Land hinter dem Regenbogen, etwas in mir beginnt zu schmelzen, ach Micha, ich weiß, dass...

„Ganz nett", sagt Elke direkt neben mir laut. „Aber so hoch wie in Irland ist das nicht. Und der Regenbogen – weißt du, in Irland habe ich oft zwei, manchmal sogar drei Regenbögen gleichzeitig gesehen, das war ein Schauspiel, die waren viel kräftiger und farbiger als ..."

„Jetzt halt endlich mal die Schnauze!" Ich spüre die Wut wie einen heißen Blitz in mir hochschießen, höre mich schreien und bin total überrascht. Gleichzeitig drehe ich mich heftig zu ihr um, sie steht so dicht neben mir, dass ich voller Schwung gegen sie knalle.

„Ha", macht Elke, macht einen Schritt nach vorne, wedelt mit den Armen, versucht sich zu fangen, schwankt, dann kippt sie vorneüber und verschwindet über die Kante ins Nichts.

„Upps", mache ich und starre auf die Stelle, an der sie gerade noch gestanden hat. Das war ja gerade wie im Film! Der reinste Slapstick!

Schwupp und weg! Micha und ich haben uns immer abgerollt, wenn es wirklich guten Slapstick gab. Am liebsten etwas richtig Böses, Schwarzhumoriges. Und dann fange ich an zu kichern. Ich kann nichts dagegen tun. Scheiße, meine Freundin ist abgestürzt und ich stehe da und muss lachen! Ich bin ein Monster!

„Elke???", presse ich hervor. Keine Antwort. Ich blicke mich um, weit und breit keine Menschenseele zu entdecken. Elke ist weg! Diese nörgelnde, alles kaputtmachende Stimme ist weg, schwupp und weg. Ich könnte jetzt eigentlich einfach fahren, den Rest des Urlaubs die Stille genießen, Austern schlürfen, an Micha denken …

„Jetzt hilf mir doch endlich!", höre ich Elkes Stimme, sie klingt ganz nah und nicht besonders ängstlich, eher verblüfft.

Ich klettere vorsichtig rechts neben der Absturzstelle runter, muss die ganze Zeit dieses seltsame Kichern unterdrücken. Dann sehe ich sie schräg unter mir: Sie reitet buchstäblich auf einem Ginsterstrauch, der an einem schmalen Felsvorsprung am Hang wurzelt, die Füße knapp über dem Boden, und krallt sich dabei an der felsigen Wand fest. Unter dem Vorsprung geht's so richtig runter. Dieser Anblick gibt mir den Rest, ich pruste los. Das ist wohl das Adrenalin. Oder der Schock. Keine Ahnung.

„Du siehst aus wie eine Hexe auf dem Besen", stöhne ich. Ich bin schrecklich. Gut, dass ich auf einem breiten Sims stehe, sonst läge ich auch gleich unten – vor lauter Lachen!

Der Ginsterstrauch knackt bedrohlich und neigt sich langsam nach unten.

„Los, mach voran, zieh mich hoch!"

Nun wird Elke doch nervös, sie hat Angst. Und irgendwie freut mich das. Sie hat mir in diesen zwei Tagen schon so viel kaputt geredet mit ihren ständigen Irlandvergleichen. Wir sind in der Normandie, mein Schatz, und ja, diese Klippen sind verdammt hoch.

„Immer mit der Ruhe." Ich schiebe mich vorsichtig von der Seite zu ihr rüber, ich bin schwindelfrei, kein Problem. Schrittchen für Schrittchen komme ich näher, sehe, wie sie mir aus angstgeweiteten Augen entgegen starrt. Und schon wieder ist da dieses Kichern, ich weiß überhaupt nicht, wo das herkommt, bin ich verrückt geworden? Die ganze Zeit will ich etwas fühlen und ausgerechnet jetzt meldet sich meine alte Frohnatur? Aber Elke sieht einfach zu komisch aus.

Mir fällt noch ein Vergleich ein: „Das ist jetzt wie im Hitchcock! *Der unsichtbare Dritte*! Da hängt die Heldin am Mount Rushmore an der Nase des Präsidenten und unter ihr ist der Abgrund. Genau wie bei dir jetzt. Nur noch viel besser, ich meine, Mount

Rushmore, das ist doch das amerikanische Monument schlechthin, wenn du da abstürzt, schreibst du Geschichte! Nicht zu vergleichen mit so einer langweiligen französischen Klippe."

„Bea, spinnst Du? Ich fall hier gleich runter!" Jetzt klingt sie hysterisch.

Ich lasse mich nicht stören, während ich mich Zentimeter um Zentimeter näher schiebe. Es ist nass und rutschig, aber es geht irgendwie.

„Die sieht wie aus dem Ei gepellt aus, während sie da hängt, wie hieß sie noch, nicht Tippi Hedren, ich meine die andere."

Ich verschnaufe einen Moment, das Kichern hat sich beruhigt. Im Vergleich zu einer Hitchcock Blondine macht Elke wirklich nicht viel her, wie sie da an der Wand hängt.

„Und Cary Grant versucht sie hochzuziehen, schafft es aber nicht, hat nur eine Hand, weil er sich mit der anderen festklammern muss. Der russische Killer kommt und Gary sagt: ‚Helfen Sie mir, bitte. ‘"

Nun bin ich fast bei ihr angelangt. Elke starrt zu mir hoch, hektische rote Flecken im käseweißen Gesicht.

„Und weißt du was, der guckt doch tatsächlich ganz mitleidig, legt seine Waffe weg und kommt zu Cary Grant runter geklettert. Und dann …"

Jetzt ist mein Fuß direkt neben ihrer Hand, die sich in der Wand festkrallt.

„Dann hebt er seinen schönen Lederschuh und tritt ganz langsam und genüsslich auf Carys Hand, so, wie man eine Zigarette austritt …"

„Bea!"

„Das sah einfach zu komisch aus!" Ich muss schon wieder lachen. „Schade, dass ich kein Foto machen konnte."

„Sehr witzig", knurrt Elke. Wir sitzen durchfroren im Restaurant und haben uns erstmal schwarzen Tee mit viel Zucker bestellt, gegen den Schock. Ich hatte Elke mit einem Ruck zu mir rüber ziehen können, hab sie halb Huckepack den Hang hochgeschleppt und oben einen hysterischen Lachanfall bekommen. Elke war ganz bleich und zittrig, aber sonst ist ihr nichts passiert, nur die Hände tun ihr weh und sie hat ein paar blaue Flecken. Diesen Ritt auf dem Ginsterstrauch wird sie wohl nicht so schnell vergessen – auch wenn es in Irland bestimmt viel, viel schönere Ginsterbüsche gibt!

erschienen in „Sonne, Mord und Ferne", Hrsg. Mechthilde Zimmermann/Regina Schleheck; ViaTerra Verlag 2013

♫ LIEBER TANGO ALS SO

Fremd –warn wir in der Nacht!
Allein – bin ich aufgewacht.
Doch mein Herz, das nahmst du mit dir fort.
 Es ist bei dir – ich weiß nicht an welchem Ort.

Lang – hab ich nach dir gesucht
Und – mein armes Herz verflucht.
Wie ein Magnet – komm ich nicht von dir los!
Es ist zu spät – meine Liebe ist zu groß!

Und nun seh ich dich – du stehst mit ihr
vor eurem Eigenheim
und ihr geht rein,
du schließt vor mir – die Tür!

Kalt – die Nacht vor deiner Tür.
Doch bald – mein Liebster gehörst du mir!
Da kommst du – und ich ergreif den Stein,
ich schlage zu – zieh dich ins Auto rein.

Der Steinbruch liegt im Nebelgrau.
Noch bin ich hier, ich rauche,
mit dir, reglos neben mir.
Gleich fahr ich los,
über den Rand,
und halte deine Hand –
im freien Fall.

(2019)

GENTE DEL SUD

Wann ihre Freundschaft genau angefangen hatte, konnte Stefania nicht sagen. Um ehrlich zu sein war das Wort „Freundschaft" auch ziemlich übertrieben. Sie hatte es sich lediglich angewöhnt, abends, wenn sie ihr Appartement in der Via Latina verließ, kurz zu Rosa rüber zu schlendern und einen kleinen Plausch zu halten. Anfangs, weil sie es schick und irgendwie anrüchig fand, später, weil sie Rosa wirklich mochte. Manchmal brachte sie ihr einen Caffè Latte raus und sie quatschten über dies und das. Allerdings niemals über Vergangenes, über das „Woher" und „Warum", obwohl sie ahnte, dass Rosa höchstwahrscheinlich aus der gleichen Gegend stammte wie sie selbst. „Gente del Sud", Menschen aus dem Süden, erkannten sich schnell in Rom. Wenn Stefania von ihrer Familie und dem kleinen Dorf bei Cosenza erzählte, hoffte sie immer, dass auch Rosa etwas von sich preisgeben würde, aber die schwieg beharrlich. Auch über ihre Tätigkeit sprach sie selten und wenn sie es tat, dann nur so, wie es genervte Verkäuferinnen über lästige Kunden tun.

Aber sie erzählte von ihrer Wohnung an der Viale Marconi und dass sie froh war, nicht mit dem Bus zur Arbeit zu müssen, sondern von Ludovico, ihrem Zuhälter, auf der Vespa gebracht und abgeholt zu werden. Stefania sah ihn häufig, ein magerer Lockenkopf, nicht mehr der Jüngste, und wohl auch nicht mehr besonders gut im Geschäft.

Am liebsten sprach Rosa jedoch über ihre elfjährige Tochter, Mariella, ihr Goldstück, ihren Engel, ihr ein und alles. Mariella war noch nie zur Ecke Via Latina gekommen, aber Rosa trug ständig neue Fotos bei sich und erzählte stolz, was für eine gute Schülerin das Mädchen doch sei, dass sie Lehrerin werden wollte und ständig irgendein Buch mit sich rumschleppe.

„Die wird es mal anders haben als ich", sagte sie dann, und sie sagte das so häufig, dass es wie ein Mantra klang. Einmal tat sie sehr geheimnisvoll und winkte Stefania zu sich rüber.

„Schau mal, die sind für ihren Geburtstag. Ich habe sie extra anfertigen lassen. Sind sie nicht wunderschön?"

Stefania betrachtete die glitzernden Ohrringe mit den riesigen blauen Seepferdchen. „Kitschig", dachte sie und: „Süß, genau richtig", sagte sie.

Die Sonne war schon aufgegangen, aber es war noch empfindlich kalt, als Stefania müde ihren Panda suchte, den sie in der Nähe vom alten Schlachthof, dem Mattatoio, im Viertel Testaccio geparkt hatte.

Es war eine tolle Party gewesen, wie immer hatte sie zum harten Kern gehört und bis in den frühen Morgen ausgeharrt, über Gott und die Welt diskutiert und dabei Pieros zunehmende Vertraulichkeiten abgewehrt. Jetzt wollte sie nur noch nach Hause. Sie bog um die Ecke und blieb abrupt stehen. Fast unmittelbar neben ihrem Auto stand eine kleine Menschentraube, die aufgeregt durcheinander sprach.

Oh nein! Wahrscheinlich hatte es wieder einen nächtlichen Raubzug gegeben. Stefania hatte wohlweislich niemals Wertsachen oder ein Radio im Auto, aber das letzte Mal waren alle Kabel herausgerissen worden. Frustrierte Drogati, die nun woanders Geld für den nächsten Schuss besorgen mussten. So ein Mist! Sie beschleunigte ihre Schritte. Dann erst sah sie die verbeulte Vespa. Diese Aufkleber von Lazio Roma, schon halb abgefetzt, die kannte sie doch!

„Man muss einen Arzt holen."

„Das hilft dem auch nicht mehr."

„Disgraziato!"

Eine reglose, magere Gestalt lag auf dem Pflaster. Jemand drehte sie gerade auf den Rücken, und Ludovicos tote Augen starrten ins Leere. Stefania hätte beinahe aufgeschrien. Nicht, dass sie ihn besonders gekannt oder gar gemocht hätte. Aber erst gestern hatte sie ihn bei Rosa gesehen, wild gestikulierend, über irgendeinen Bekannten schimpfend. Als die Polizei eintraf, ging sie lieber schnell zu ihrem Auto. Sie hatte keine Lust, sich zu seiner Person äußern zu müssen. Etwas ließ sie dann aber doch noch einen Moment stehen bleiben.

Sobald Stefania am Abend das Feuer sah, ging sie zu Rosa rüber. Die sah müde aus und viel älter als sonst.

„Schau mal, was ich gefunden habe."

Rosa starrte verwirrt auf den einzelnen Ohrring, den Stefania in die Höhe hielt. Ein blaues Seepferdchen.

„Danke", sagte sie schließlich tonlos, aber Stefania zog schnell die Hand zurück.

„Was soll das?", fauchte Rosa, „Nun gib schon her, den muss Mariella verloren haben, sie hat mich auf der Arbeit besucht."

„Quatsch! Oder stehst du seit neuestem am Mattatoio?"

Das saß. Rosa sackte in sich zusammen und sagte erst einmal gar nichts. Dann stöhnte sie leise:

„Ich habe ja gewusst, dass es nicht gut gehen würde. Aber was sollten wir denn tun?"

„Was ist passiert?"

Rosa schwieg und blickte sie nur an.

Stefania verstand. „Mariella?"

Rosa nickte. „Ich war nur kurz weg zur Pasticceria. Als ich wiederkam, lag er schon auf ihr. Ich wollte ihn nicht töten, aber nachdem ich ihm einen Schlag mit der Flasche versetzt hatte, wusste ich, dass ich weitermachen musste. Er hätte es immer wieder versucht, ich hätte sie nicht schützen können."

Stefania schluckte.

„Warum Testaccio?", fragte sie dann.

„Silvana steht dort. Es sollte wie ein Unfall während seiner üblichen Runde aussehen. Er durfte doch nicht in unserem Viertel gefunden werden. Da haben wir ihn mit der Vespa weggebracht."

„Was?" Stefania starrte sie ungläubig an. Das konnte doch nicht sein! Fünf Kilometer durch Rom, mit einem Toten, auf der Vespa?

„Wir haben ihn in unsere Mitte genommen, Mariella saß hinten und hat ihn festgehalten. Sie war so tapfer und so vernünftig." Nun begann Rosa zu schluchzen: „Wenn sie mich verhaften, dann hat sie doch niemanden, zu dem sie gehen kann. Was soll denn nur aus ihr werden?"

„Was schon", Stefania zuckte die Achseln „Sie wird

weiter zur Schule gehen und Lehrerin werden und du wirst weiter auf sie aufpassen."

Sie legte den Ohrring in Rosas Hand.

„Mein Vater hätte keine Flasche, sondern gleich die Jagdflinte genommen." sagte sie noch.

Dann ging sie.

erschienen in „Mordsmütter", Hrsg. Mechthild Zimmermann/Regina Schleheck; ViaTerra Verlag 2011

♫ MEIN GERD

Mein Gerd, der Junge, war immer schon
(ich sag mal) zu gut für die Welt!
Er ist so ein braver und fleißiger Sohn,
doch oft wird ihm nachgestellt!
Es gibt so furchtbar fiese Frau'n,
die nutzen ihn ständig aus!
Man darf denen niemals nie vertrau'n;
zum Glück wohnt der Bub noch zu Haus
Drum prüfe ich gründlich, an wen er sich bindet,
und forsche nach jedem Detail!
Und frage sie stündlich,
wann sie denn verschwindet,
und helfe ihr schließlich dabei!

Das Luder Chantale, die roch nach Gefahr,
die hat mir den Jungen verführt!
Er zählte doch grade mal dreißig Jahr
und hatte noch gar nichts kapiert.
Sie war 'ne belämmerte blöde Blondine,
die war nichts für einen wie Gerd.
Drum band ich sie einfach betäubt an die Schiene,
das ist mir mein Junge schon wert.
Sie konnte nichts spüren, sie schlief tief und fest,
ich bin ja durchaus human!
Der Schnellzug von Düren, der gab ihr den Rest!
Ach, ich liebe die Deutsche Bahn!

Die dumme Gans, die Monika,
die war auf die Ehe erpicht!
Sie kochte Gerd Gulasch mit Paprika,

41

sowas Fettes verträgt er doch nicht!
In meiner Küche wollte sie kochen,
hat einfach den Herd annektiert!
Nach wenigen Tagen hab ich sie erstochen
und anschließend fein filetiert!
Jetzt liegt sie zuhause bei uns in der Truhe,
in saubere Beutel verpackt.
Der Gerd hat mal Pause, der Junge braucht Ruhe!
Und so viel zum zweiten Akt!

Nun ist er wieder verliebt, der Gerd,
er sprach mich heute drauf an;
der Namen der Neuen sei Heribert –
sie ist offensichtlich ein Mann!
Ich bin von der Sache noch etwas benommen,
doch lass ich die Fragerei.
Er soll jetzt am Samstag zum Essen kommen,
zum Grillen, um Viertel vor zwei.
Vielleicht ist's ja endlich die ganze große Liebe,
und das gefiel mir durchaus.
Denn Heribert bliebe bei Gerd und ich bliebe
die einzige Frau im Haus!
Die einzige Frau im Haus!
Die einzige Frau im Haus!

Und zög Gerd zu Heribert komm ich halt mit!
Dann spielen wir Halma zu dritt!

(2015)

DIE NACHT VON MALENTE

Na, also, gewollt hat das keiner. Ehrlich jetzt. Das Ganze hat sich einfach so ergeben. Und das wäre alles gar nicht passiert, wenn wir nicht schon den ganzen Tag so gelitten hätten.

Das war einfach eine saublöde Idee, diese Teambildungsmaßnahme. Als ob wir das nötig hätten. Micha, Kalle, Jürgen, Wilfried und ich. Wir arbeiten seit Jahren gut zusammen, was sag ich, seit Jahrzehnten. Dekaden!

Und plötzlich kriegten wir so einen jungen BWL-Fuzzi als Chef vor die Nase gesetzt, der eine Fortbildung zum Motivationstrainer gemacht hatte und nun ganz wild darauf war, seine Techniken an uns auszuprobieren. Als es hieß, wir müssten ein ganzes Wochenende mit ihm wegfahren, und zwar genau dann, wenn in der WM Vorrunde Deutschland gegen Schweden spielt, da haben wir noch überlegt, ob wir nicht zum Betriebsrat gehen, neuer Chef hin oder her, der kann uns doch nicht einfach so entführen.

Aber dann hörten wir, dass die Fahrt nach Malente ginge und da haben wir natürlich die Klappe gehalten. Ich meine, was ist denn passender, als unsere Nationalelf anzufeuern, während wir auf heiligem Grund und Boden stehen!

Malente, der Ort der Zeichen und Wunder. Hier wurde 1974 Geschichte geschrieben, die Weichen für den Weltmeister gestellt! Wir haben alle damals vor der Glotze gehangen! Was für ein Finale! Wie

der Breitner den Strafstoß zum 1:1 verwandelte –
göttlich. Der Breitner mit den Locken, auf den die
Mädels so abfuhren. Meine Mutter traf dann auch
fast der Schlag, als ich mit Dauerwelle zur Tür
reinkam. Aber was sollte ich tun, als 14jähriger
Spargel-Tarzan mit Schnittlauchhaaren. Mit meiner
neuen Breitner-Matte standen die Mädels zwar nicht
Schlange, aber ich machte einen guten Schnitt. Mein
eigentlicher Held jedoch war Beckenbauer, der in
der berühmten Nacht von Malente kurzerhand die
Führung übernommen und dadurch den WM-Sieg
ermöglicht hat. Schließlich heiße ich ja auch Franz!
Aber ich schweife ab.

Jedenfalls fanden wir alle diese Wochenendsache
ziemlich klasse – und der BWL-Fuzzi Jörg
Fennemann, der wurde uns fast sympathisch.
Irgendwie hatten wir die vage Idee, dass wir
zusammen die Spiele gucken, uns dabei ein paar
genehmigen und lecker essen gehen. Alles auf
Firmenkosten, selbstredend.
Und uns zwischendurch einen Alibi-Vortrag über
Teamgeist, Motivation und Kommunikation
anhören, damit wir auch was zu erzählen haben,
wenn wir in der Firma gefragt werden, warum unsere
Abteilung wegfahren durfte. Da würden wir dann
natürlich stöhnen und die Augen verdrehen, damit
keiner auf die Idee käme, dass wir Spaß hatten.
Ja, der Fennemann schien ganz in Ordnung und als
er uns auf der Fahrt im eigens gemieteten Kleinbus
das „Du" anbot, haben wir ihm den Gefallen getan.
Sonst sind wir ja eher skeptisch, wenn uns einer der

Bosse kumpelhaft kommt. Aber wir dachten ja wirklich, es würde ein tolles Wochenende.

Den ersten Dämpfer kriegten wir direkt bei der Ankunft. Wir hatten mit einem Hotel gerechnet, am besten im Uwe Seeler Park, das bot sich doch an! Schließlich war das die Vision, die der Fennemann beschworen hatte, darum waren wir so weit in die Holsteinische Schweiz gefahren: unsere Abteilung auf der Suche nach dem Geist von Malente! Stattdessen standen wir vor einer kleinen Hütte am See, ganz für uns allein! Mit Selbstversorgung! Uns fiel echt der Kinnladen runter. Hatte der sie noch alle? Also, wenn ich kochen könnte, wäre ich nicht verheiratet. Wie stellte der sich das vor? Statt lecker Schnitzel und Pommes essen gehen eklige Dosen-Ravioli-Matschepampe runter würgen? Aber dann haben wir die große Leinwand im Gemeinschaftsraum entdeckt, das war schon mal ganz ordentlich. Draußen stand zudem ein stattlicher Grill und als der Fennemann Kühlboxen mit Grillfleisch aus dem Auto lud und dem Kalle eine Kasten Bier in die Hand drückte zum Reintragen, na, da war die Welt wieder in Ordnung. Wobei ein Kasten ja mal gerade gut zum Vorglühen ist, da hatte der Fennemann sich vertan. Dachten wir. Und die 4 Kästen Wasser hätte er sich auch sparen können. Wir würden halt am Samstagvormittag den Vorrat aufstocken, wäre ja genug Zeit bis zum Anpfiff Belgien gegen Tunesien. Dachten wir. Jedenfalls waren wir nach dem ersten Schock ganz zufrieden. In keinem Hotel zu sein, hat ja durchaus Vorteile, von wegen Benimm und so. Gerade bei der WM! In dem See könnte man prima das Bier kaltstellen, während die Rippchen auf dem Grill brutzelten, natürlich in der Pause zwischen den Spielen. Ne Sauna gab's auch, direkt neben dran angebaut. Da waren wir jetzt nicht so scharf drauf. Der Fennemann dagegen schien das zu mögen, der hatte die Hütte ja auch ausgesucht. Die Zimmer waren ziemlich spartanisch, ein bisschen wie Jugendherberge oder Bund – was ja ganz gut passte, der Breitner hat ja erzählt, dass er sich im Trainingslager wie in der Kaserne gefühlt hätte. Heute, so im Rückblick, nach dem Untergang gegen Südkorea, würde ich ja sagen, dass der Löw die Jungs mal besser nach Malente hätte schicken sollen statt nach Tirol. Son bisschen Drill und Lagerkoller, das wirkt Wunder, das haben wir 1974 ja gesehen. Die hängen heute alles zu viel am Handy rum, mit ihrem ganzen Social-Media Kram. Und machen dauernd Werbung, kein Wunder, dass die sich nicht konzentrieren konnten.

Aber ich schweife ab, an dem Tag wussten wir ja noch nichts von dieser bevorstehenden Schmach. Und dass dieses Wochenende so derartig katastrophal enden würde, das konnten wir erst recht nicht ahnen!
Jedenfalls, wir hatten uns gerade eingerichtet, die Füße in den See getaucht und Kartoffelsalat mit Bockwurst gegessen, da war auch schon Treffen im Gemeinschaftsraum angesagt. Zum Spiel gucken.

Dachten wir.

Tja, als wir reinkamen, wollten wir sofort rückwärts wieder raus! Da prangte auf der Leinwand ein riesiges Bild von dem kleinen Fennemann auf einem großen Mountain-Bike.

Ach du Scheiße! Und dann ging es los – eine Powerpoint-Präsentation mit schmissiger Musik, englischen Überschriften (Failure is not an option! Pain is your Friend! Pushing limits) und vielen Bildchen. Der Mann hechelt regelmäßig durch die Alpen und kann anscheinend keine Sekunde undokumentiert lassen: also sein Drahtesel vor malerischen Bergen, sein schwitzendes Gesicht im Großformat, Schweizer Kühe mit braunem Fell auf grüner Alm. Wir hätten lieber Schweizer Spieler mit weißem Trikot auf grünem Rasen gesehen, die jetzt gerade gegen Serbien antraten.

Und dann erzählte er einen von Ausdauer, über Grenzen gehen, den Schmerz begrüßen, das Ziel im Auge behalten und der großen Vision, die alle Opfer rechtfertige und war plötzlich beim Teamgeist von Malente und dem mangelnden Teamgeist in unserer Abteilung angelangt. Als ob er das wüsste, der kannte uns doch gar nicht.

Endlich (wir zählten die Minuten, das Spiel war längst dran) wollte er wissen, ob wir Fragen hätten.

Ja, er hätte eine Frage, hat sich Wilfried gemeldet: Was denn das Ganze jetzt mit dem Radfahren zu tun hätte? Kalle wollte dann noch wissen, wie teuer so ne Karre ist und Jürgen setzte uns alle davon in Kenntnis, dass er etwas an der Pumpe habe und sein Arzt ihm jede körperliche Anstrengung verboten habe. „Sport ist Mord" hätte ich gerne den ollen Churchill zitiert, aber das hätte unseren guten grenzdebilen Gesamteindruck gefährdet – und wir wollten doch zumindest noch das Ende der ersten Halbzeit mitkriegen. Jedenfalls: es hat gewirkt. Der Fennemann sah aus, als hätten wir ihm eine gescheuert, dem ging so richtig die Luft raus. Gut so. Er packte seinen Kram zusammen, murmelte, dass er kurz in die Sauna hüpfen würde … und wir konnten endlich in Ruhe das Spiel sehen.

Dachten wir.

Mitten in der zweiten Halbzeit war er wieder da. Sauna soll ja angeblich beruhigen, aber bei ihm hatte sie leider nicht gewirkt. Er war hochmotiviert und wild entschlossen, uns doch noch mit seiner „Wir sind Malente"-Vision zu begeistern, quatschte los wie ein Fußballkommentator und schoss dabei ein Eigentor nach dem anderen. Es war wirklich zum Fremdschämen. Wahrscheinlich hatte er extra für dieses Wochenende „Fußball für Dummies" gelesen, damit er volksnah seine Teamgeistvision präsentieren konnte. Keine Ahnung von nichts, aber ständig das Maul aufreißen und uns mit seinen Sprüchen den letzten Nerv rauben. So in der Art, dass ein Abteilungsleiter wie ein Trainer sei und die Verantwortung trage, der müsse auch mal jemanden, der keine Leistung bringe, vom Platz stellen.

Also echt. Wilfried machte noch den Versuch, ihm zu erklären, dass der Trainer niemanden vom Platz stellt, das macht der Schiri, aber da war er schon wieder ganz woanders und sonderte, ich sag's mal unverblümt, nichts als gequirlte Scheiße ab. Verwechselte Strafstoß und Freistoß, schrie „Ecke!", wenn es keine war und ein Abseits erkannte er schon gar nicht. Fand aber das Wort toll, ein Spieler, der nicht mit dem Team verbunden sei, eben alleine im Abseits stehe … mein lieber Scholli! Jedenfalls war der Abend für uns gelaufen, da half auch kein Bier mehr und wir sind früh ins Bett.

Der nächste Tag war noch schlimmer. Holt uns der Kerl doch mit der Trillerpfeife aus dem Bett. Und will, dass wir uns in den See stürzen. Also holla die Waldfee!
„Ne", haben wir gesagt, „ schwimm du mal schön alleine, Jörgi".
Das hat er auch gemacht, aber danach war er giftig wie 'ne Biene. Nichts mehr mit Kumpel Jörg. Der ließ plötzlich ganz schön den Chef raushängen und dann gingen auch die ersten Sprüche los, von wegen, wir hätten ein straffes Programm heute und da sollten wir lieber mal in die Pötte kommen, wäre doch schade, das Spiel am Abend zu verpassen. Also, echt jetzt? Der drohte mit Fernsehverbot? Und dann legte er noch einen nach, die Auftragslage wäre ja zurzeit nicht die Beste, da müsse man auch mal Abteilungen verschlanken. Da käme es dann auf die innere Einstellung an, ob jemand mitmache, bereit sei, über seine Grenzen zu gehen.
„Scheiße, der fährt jetzt mit uns zum Fahrradverleih", stöhnte Jürgen, „und hier sind doch so viele Berge!" Aber nein, es kam schlimmer, es ging zum Hochseilgarten!

Na super! Da standen wir nun, der Kalle und ich, in 15 Meter Höhe und sollten gemeinsam Hand in Hand Hupfdohle spielen und über zwei parallel gespannte Drahtseile tänzeln.

„Wer nicht will, muss nicht!", hatten uns die hauseigenen Trainer versichert (die waren schon in Ordnung, die Jungs). Wollten wir? Nein, wir wollten ganz bestimmt nicht. Aber wir wollten um 14:00 Uhr zum Anpfiff Belgien: Tunesien wieder in der Hütte sein, also mussten wir doch. Und darum taten wir so, als ob wir schon unser ganzes Leben darauf gewartet hätten, Ringelpiez mit Anfassen auf dem Hochseil zu spielen, grinsten fröhlich und tasteten uns Schrittchen für Schrittchen übers Seil. Dabei trafen wir eine wortlose Einigung: es musste etwas geschehen! Sowas nennt man nonverbale Kommunikation. Das können wir!

Zum Mittagessen waren wir im „Seeprinzen" in Plön. War ganz ordentlich da, wir saßen schön draußen auf der Terrasse, zischten uns ein Pils beim Essen, allerdings störte der Fennemann, der ununterbrochen laberte. Als er mit dem Handy am Ohr für eine Weile verschwand, haben wir uns dann kurzgeschlossen, der Micha, der Kalle, der Jürgen, der Wilfried und ich.

„Männer", hab ich gesagt, „wir müssen was unternehmen, so geht das nicht weiter. Der quatscht uns sonst heute Abend das Spiel kaputt. Und überhaupt."

„Und überhaupt", echoten alle und dann haben wir die Köpfe zusammengesteckt und binnen Minuten stand die Strategie. Normalerweise können wir stundenlang rumdiskutieren, aber was soll ich sagen: der Geist von Malente war da offensichtlich schon am Werk. Dass das mit Belgien gegen Tunesien nicht mehr hinhauen würde, war uns klar, da war ja schon Anpfiff, während wir noch in unsere Seeprinz-Burger bissen. War schade, aber nicht so wichtig. Und als wir nach dem Essen nicht wieder ins Auto stiegen, um zurück zu fahren, sondern vom Fennemann den Strandweg runter gescheucht wurden, da hofften wir ja noch, das sei so eine Art Verdauungsspaziergang. Der Fennemann konnte ja nicht still sitzen, der musste sich jede Kalorie sofort wieder abtrainieren.

Aber als wir das Schild „Kanuvermietung Plön" sahen, da wussten wir, dass jetzt sofort drastische Maßnahmen angesagt waren, wenn wir noch Südkorea gegen Mexiko schaffen wollten. Das war ein wichtiges Spiel, immerhin war Südkorea der zukünftige Gegner, da musste man ja sehen, wie die Jungs so drauf waren. Und darum hat der Jürgen den Neymar gemacht und eine erstklassige Schwalbe hingelegt, gerade, als wir dicht aneinandergedrängt als Rudel die B 430 überqueren wollten.

„Pass doch auf, wo du hintrittst, Franz", hat er gestöhnt und sich am Boden gewälzt und ich habe „Du bist mir doch vor die Füße gerannt", geblafft und der Fennemann wurde furchtbar nervös, weil die doch mit dem Kanu auf uns warteten, aber Jürgen hat die Wahnsinnshow abgezogen und als er sich dann noch dramatisch an die Pumpe fasste, da hatten wir gewonnen, der Fennemann sagte alles ab und rannte zurück, um das Auto zu holen.

Auf der Fahrt sind wir dann in die Schleim-Offensive gegangen. Haben es furchtbar bedauert, dass wir jetzt nicht Bötchen fahren konnten und nannten ihn abwechselnd Jörg und Chef (das ging dem runter wie sonst was, hatte ja schon einen Komplex, der Kleine) und so war es nicht schwer, ihn zu überreden, unterwegs am Getränkemarkt anzuhalten und noch was Bier zu holen. Kalle kaufte auch ne Pulle Bommerlunder, so als Absacker.

Das Spiel Südkorea gegen Mexiko haben wir abwechselnd geguckt. Einer musste ja immer die Manndeckung draußen übernehmen, mit Fennemann am Grill stehen, über Mannschaftsgeist quatschen, zur Not sogar was übers Radfahren fragen, während wir anderen mit der Fernseh-Raumdeckung beschäftigt waren. Erfolgreiches Pressing, würde ich sagen, der kam nicht einmal rein. Richtig herausfordernd wurde es dann aber nach dem Essen, als das Spiel Deutschland: Schweden näher rückte.

Son bisschen was gezwitschert hatte sich der Fennemann schon, dank unserer Daueroffensive („Noch 'n Bier, Jörg?"), aber nun war es höchste Zeit für das finale taktische Foul.

Kalle hielt demonstrativ die Pulle Bommerlunder hoch, Micha reichte die Gläser rum und wir alle kippten uns einen hinter die Binde. Und noch einen. Und einen dritten. Da wir dicht im Pulk um die Flasche standen, kriegte der Fennemann gar nicht mit, dass unsere Eiswürfel im Gegensatz zu seinen in Leitungswasser schwammen. Dann war der Anpfiff.

Aber was soll ich sagen, der Fennemann hatte einfach zu viel Adrenalin – und zu viele verdrängte Aggressionen. Das war wie nach der Sauna – statt friedlich zu entspannen, drehte er jetzt richtig auf und fing doch glatt an, uns zu beschimpfen. Wir würden nur mauern, er sei ja nicht blöd, aber er hätte die Schnauze voll, jetzt sei Schluss mit lustig, er würde uns in Zukunft das Leben sowas von zur Hölle machen, er brauche ein neues Team, junge, dynamische Leute, wir würden schon freiwillig gehen, denn er würde uns das Leben sowas von zur Hölle machen ... und so weiter. Während Deutschland zu viele schwedische Beine und partout nicht das Tor traf. Also, der Fennemann musste schleunigst vom Platz, da half nur noch ein schweres Foul.

„Du hast so was von Recht, Jörgi", sagten wir, packten ihn links und rechts unter, der Kalle flößte ihm noch einen vierten und zur Sicherheit einen fünften Klaren ein und das war's mit dem Fennemann, der konnte auf die Bank. Auf die Saunabank nebenan, wir würden ab und zu nach ihm sehen.

Dachten wir.

Nach der ersten Halbzeit waren wir völlig mit den Nerven runter, Schweden in Führung und ein blutüberströmter Rudy mit Nasenbruch, aber ich machte trotzdem kurz die Saunatür auf, alles okay, Fennemann schnarchte. Aber dann kam der Ausgleich in der dritten Minute und wir, wir kamen einfach nicht mehr weg von der Glotze! Ne, das war Psychoterror. Unsere Jungs kriegten und kriegten den Ball nicht rein.

„Einer sollte mal nach dem Fennemann gucken", sagte Kalle zwischendurch und wir alle nickten, kippten einen Klaren und blieben sitzen.

Dann, endlich, die Erlösung. In der buchstäblich letzten Minute Freistoß und – der Kroos haut das Ding rein! Tor! Wir brüllten, fielen uns um den Hals, hauten uns noch einen Klaren rein und dann erst fiel uns der Fennemann ein.

Tja, und dann waren wir schlagartig wieder nüchtern. Jürgen und Wilfried schleppten ihn raus auf den Rasen und starteten mit der Wiederbelebung, Kalle rief den Notarzt, Micha rannte zur Straße zum Signalgeben, ich riss mir das Hemd vom Leib, tunkte es in den See und wrang es über dem Fennemann aus … aber da war nichts mehr zu machen.

„Scheiße, wer kann denn ahnen, dass dieser Freak im besoffenen Kopf die Sauna anschmeißt", stöhnte Wilfried.

Nein, wir konnten uns das alle nicht erklären. Der Polizei haben wir erzählt, dass der Fennemann als Fußballmuffel draußen im Liegestuhl eingeschlafen wäre und wir gar nicht mitgekriegt hätten, dass er sich in die Sauna geschlichen habe und auch nicht, dass er derartig geladen hätte, der hätte sich wohl heimlich am Bommerlunder bedient. Okay, das war nicht ganz die Wahrheit, aber auf diese Version hatten wir uns schnell geeinigt, wir wollten die Sache ja nicht verkomplizieren und hielten da echt zusammen. Wie gesagt, der Geist von Malente, da ist schon was dran! Zur Not hätten wir natürlich auch alle schwören können, dass die Sauna eiskalt war, als wir ihn dort platziert hatten. War wirklich so.

Allerdings muss ich zugeben, dass die Temperatur mit Beginn der zweiten Halbzeit rapide anstieg, nur kurz, nachdem ich reingeschaut und ein bisschen am Rädchen gedreht hatte. In meinem Strafraum kenne ich keine Verwandten und der Fennemann wurde gefährlich. Wir müssen noch bis zur Rente durchhalten, ohne dass uns ein Fuzzi mit Napoleonkomplex schikaniert. Ja, irgendwer musste die Führung übernehmen. Wie damals in der Nacht von Malente. Und immerhin heiße ich Franz.

NORDMORDAWARD 2018
Shortlist Publikumspreis

♫ WOCHENENDPASSION

In Argentinien tanzt man Tango, stets voller Glut,
ob bei Tag oder bei Nacht!
Und tanzt Juanita zu lang mit Juan – oh,
dann fließt schnell Blut,
wenn Ramon's Revolver kracht!
Doch auch in Finnland liebt man diesen
Tango, so schwer und voller Weltenschmerz!
Ist Liljas Fremdgehen klar bewiesen,
nimmt Matti das Gewehr,
schießt sich selber schnell ins Herz.

Denn Tango weckt Emotionen,
auch in uns Teutonen!
Verdrängt vom Gewissen
sind da Träume von Küssen
und von feurigen Blicken,
die sich gar nicht schicken:
Liebe und Gewalt! – So ist der Tango halt!

Am Montag im Büro da schleicht Irene
heimlich auf den Flur und übt dort diesen Tanz.
Sie säh sich gerne als Sirene;
für die andern ist sie nur
die graue Maus aus der Finanz.
In ihrem Herzen brennt ein Feuer,
das macht sie verlegen, sie ist sich manchmal fremd!
Sie braucht ab und zu ein Abenteuer;
doch nicht mit Kollegen,
da gilt sie als verklemmt.

Denn Tango weckt Emotionen,
die tief in ihr wohnen!
Ach, so wilde Gelüste,
wenn die hier jemand wüsste,
ja, dann wär sie verloren,
drum hat sie sich geschworen:
hier ist sie eiskalt – der Samstag kommt ja bald!

Sie steht am Rand und spürt die Blicke –
es ist Samstagnacht und die Tanzfläche ist voll.
Im knallrotem Kleid und mit blonder Perücke,
gleich wird sie angemacht
und das findet sie ganz toll!
Hier kennt sie keiner, das ist wichtig,
sie hält sie geheim, ihre Wochenend-Passion.
Da kommt schon einer, der scheint ihr richtig:
voll mit Pomadenschleim und auch voll Testosteron.

Ja, Tango weckt Emotionen
in ihren Hormonen,
nun will sie sich spüren,
sich nicht mehr kontrollieren.
Die brave Irene
mutiert zur Sirene!
Tango ist halt so – da kocht die Libido!

Um Mitternacht kann man sie sehen, geschmiegt an
seine Brust,
sie schaut ihn schmachtend an.
Und fragt ihn leise: „Sollen wir gehen?
Na, hast du Lust?

Bist du ein echter Mann?"
Später um zwei Uhr in der Frühe
ist sie nicht mehr so schick
und allein mitten im Wald.
Den Kerl zu vergraben macht zwar Mühe,
doch sie hatte ihren Kick: sie hat ihn abgeknallt!

Denn Tango weckt Emotionen,
die tief in ihr wohnen,
und bei Tango-Akkorden
muss sie Männer ermorden!
Ach sie liebt dieses Prickeln
beim Leichen zerstückeln.
Am Montag im Büro ist sie entspannt und lächelt
froh.

Ja, wie bei allen Sirenen liegt das nur an den Genen!
Ich meinen ja nur: Töten ist ihre Natur!
Liebe und Gewalt – So ist der Tango halt!

(2019)

GIFTGRÜN

Ich bin kein neidischer Mensch. Nein, überhaupt nicht. Der Erfolg anderer erfüllt mich mit Freude und Zufriedenheit. Na ja, gut, der *verdiente* Erfolg anderer erfüllt mich mit Freude und Zufriedenheit. Aber das hier – das ist einfach unfair!

Josefine steht mit gerunzelter Stirn vor der Leinwand. Farbsprenkel im Gesicht und in den dunklen Locken; der weite Kittel fällt locker und umschmeichelt ihr buntes, folkloristisches Kleid. Künstlerisch sieht sie aus, viel künstlerischer als das, was sie da produziert. Flächige Frauengestalten sind es, Farbe und Formen ein bisschen Matisse, ein bisschen Gauguin, ein bisschen Frida Kahlo, also wirklich nichts Besonderes. Und wenn man sich auskennt, sieht man, dass sie die Motive abgekupfert hat, nur das Drumherum geschickt verändert. Dann der Farbauftrag … schlampig, mehr sage ich nicht dazu. Okay, die Figuren sind einigermaßen gut getroffen, manchmal leicht verzerrt, die Perspektive stimmt nicht. Jedenfalls ist ihr Stil ganz bestimmt kein „urweiblicher Kommentar zur verzerrten Wirklichkeit im 21. Jahrhundert", wie dieser Journalist geschrieben hat. Sie kann es nicht besser. So einfach ist das.

„Willst du auch 'nen Kaffee?", frage ich, nur um irgendetwas zu sagen. Ich knie vor meinem Bild, ich male meistens auf dem Boden. Und komme gerade einfach nicht weiter. Wegen ihr. Ihre Präsenz im

59

Atelier ist zu stark, ich kann mich nicht konzentrieren.

„Ach, du bist ein Schatz! Gerne." Sie strahlt mich an. Und schon habe ich ein schlechtes Gewissen. Mal wieder. Weil ich so gemeine Sachen denke. Denn sie ist nett. Richtig nett. Leider. Es macht mich wahnsinnig. Denn es hindert mich daran, sie in Ruhe zu hassen. Obwohl, hassen ist ein zu schlimmes Wort, ich hasse niemanden, ich bin ebenfalls ein netter Mensch. Nein, ich bin nicht neidisch. Aber es ist einfach ungerecht.

Dabei schien das mit ihr zuerst die ideale Lösung zu sein! Nach ewig langer Zeit auf der Warteliste wurde endlich ein Atelier auf dem alten KHD-Werksgelände an der Deutz-Mülheimer Straße frei. Ein sehr großes Atelier, ganz für sich in einem Nebentrakt, außen über eine steile Eisentreppe zu erreichen. Der glatte Wahnsinn! Aber für mich alleine unerschwinglich. Darum habe ich eine Anzeige geschaltet. Nach zwei Nieten, die sich auf meine Kosten einnisten wollten, hat sich Josefine gemeldet. Sympathisch, freundlich, kein Risiko bei der Miete, Papa zahlt. Sie war neu in Köln, hatte sich zwei Jahre in Mexiko rumgetrieben, freies Theater gemacht, dann in einem Sozialprojekt gearbeitet. Es passte alles gut! Seitdem teilen wir uns Raum und Kosten. Ich habe in meinem Brot-Job noch etwas aufgestockt, komme finanziell so gerade hin. Hätte allerdings nicht gedacht, dass die paar Stunden, die ich nun mehr im Callcenter arbeiten muss, mich derartig schlauchen würden.

„Gehst du am Sonntag mit in die Ausstellung in der Wachsfabrik?", fragt Josefine, als ich ihr den Kaffee hinstelle. „Jens und ich wollen mal gucken, was bei denen gerade so los ist"

Ich setze mich mit meiner Tasse ins Fenster. Hier hocke ich oft, lasse den Blick schweifen, überprüfe die Fernwirkung meiner Bilder. Ach, ich liebe diesen Raum. Und hier auf dem Werksgelände ein Atelier zu haben ... ein Traum! Es geht ja nicht nur um das Arbeiten, es geht um das ganze Ambiente! Die alten Hallen, andere Künstler, Vernissagen, Kunstaktionen. Sowas ist total wichtig, um Kontakte aufzubauen, irgendwie in der Szene weiterzukommen. Theoretisch.

Praktisch bin ich leider eine asoziale Katastrophe. Ich hasse es, mich bei anderen nur wegen der *connection* einzuschleimen. Und ich hab auch keine Zeit für tiefsinnige Künstlergespräche. Ich will einfach nur malen. Dieses blöde Telefonmarketing kostet mich sowieso viel zu viel Kraft und Zeit, da brauche ich meine ganze Restenergie für meine Bilder. Gerade jetzt kämpfe ich darum, meinen Katharinen-Zyklus fertig zu kriegen.

„Also, kommst du mit?"

„Nein, ich muss arbeiten."

„Sonntags? Dürfen Callcenter das überhaupt, Leute am Sonntag belästigen?" Sie kuschelt sich malerisch in unser karminrotes Sofa und nippt an ihrer Tasse.

„Hier arbeiten natürlich!", fauche ich. „Ich komme ja während der Woche zu nichts."

Und außerdem bist *du* sonntags dauernd unterwegs,

denke ich. Wenigstens an dem Tag habe ich meine Ruhe. Denn sie ist sonst immer da.

Immer. Sie malt. Sie redet. Sie singt. Sie kennt alle Künstler auf dem Gelände, besucht sie in ihren Ateliers, geht zu sämtlichen Ausstellungen, ist nachts in den gängigen Künstlercafés unterwegs, beherrscht das Who-is-who perfekt. Sie ist beliebt. Und eine malerische Erscheinung. Mit ihrer schneeweißen Haut, den dunklen Locken, rubinrot geschminkten Lippen und den bunten mexikanischen Kleidern, die sie unterm Malerkittel trägt. Keine alten Schlabber-T-Shirts wie ich. Ein folkloristisches Schneewittchen, das gerne Hof hält, jede Zufallsbekanntschaft ins Atelier einlädt. Die hängen dann hier rum, rauchen draußen auf der Treppe, himmeln sie an. Sie genießt es, plaudert fröhlich und pinselt gleichzeitig unbeirrt weiter. Sie produziert sehr schnell, klatscht immer nur eine Schicht Acryl auf die Leinwand. Bilder malen. Kunst ist das nicht.

Ich kann nicht fröhlich plaudern. Schon gar nicht beim Arbeiten. Und ich hasse es, wenn mir jemand über die Schulter guckt. Darum habe ich diesem „Künstlersalon" auch ziemlich schnell ein Ende gesetzt. Während ich hier bin, haben wir besucherfreie Zone! Daran hält sie sich auch. Allerdings kann ich bis zur Wochenmitte ja nur abends hier sein, da herrscht tagsüber sicherlich ein reges Kommen und Gehen im Atelier. Darum stelle ich die noch nicht fertigen Bilder mit dem Gesicht zur Wand. Die fertigen Bilder sowieso. Sonst hätte ich ständig Angst, dass ihnen was passiert.

„Na, jetzt spring nicht gleich aus dem Hemd.“ Josefine schaut mich vorwurfsvoll an. „Du bist viel zu gestresst. Das kommt von deinem blöden Job. Warum suchst du dir nicht was anderes, was nicht so anstrengend ist?“

„Sehr witzig!“

Wie soll man einer, die mit dem silbernen Löffel im Mund geboren wurde, erklären, dass es verdammt schwer ist, überhaupt etwas zu finden? Sie musste sich nie ihren Lebensunterhalt verdienen. Papa hat Kohle. Wenn sie gearbeitet hat, dann über die väterliche *connection*, „um Lebenserfahrung zu sammeln“. Jobs, an die unsereiner nicht ran kommt. Interessant. Gut bezahlt. Geld bleibt halt gerne unter sich.

Josefine stellt ihre Kaffeetasse ab. „Wieso trittst Du dann nicht einfach mit der Malerei kürzer? Setzt mal 'ne Weile aus? Du bist total verbissen. Dein Thema rennt dir doch nicht weg.“

„Was?“ Ich hab mich wohl verhört! „Ich kann doch nicht einfach aufhören! Und jetzt gerade sowieso nicht! Da hätte ich ja gleich auf Lehramt studieren können!“

„Ja, und vielleicht wärst du als Kunstlehrerin glücklicher. Auf jeden Fall hättest du mehr Geld.“

Genau das erzählen mir meine Eltern auch immer. Sie begreifen einfach nicht, dass ich malen muss. Für mich. Für niemanden sonst. Ich wäre eine grauenhafte Lehrerin, würde meinen Frust garantiert an den Kindern auslassen. Dann lieber Callcenter. Ist ja nicht für immer. Hoff ich doch. Irgendwann kommt der Durchbruch. Ich kann doch nicht dauernd so ein verdammtes Pech haben.

Wie bei den letzten offenen Ateliers! Es ist so unfair! Ausgerechnet, wenn ich einmal nicht da bin, einmal für ein paar Tage meine Freundin in Bremen besuche, ausgerechnet da muss sich ein Journalist in unseren Raum verirren! Das ist noch nie passiert! Dass sich irgendeiner von der Presse interessiert hätte! Bei sämtlichen Gruppenausstellungen, Kunstmeilen, Kunsttagen nicht, an denen ich sonst immer brav ausharre, obwohl ich solche Veranstaltungen hasse. Der Typ war völlig begeistert von Josefine. Ist mir schleierhaft, warum! Obwohl, eigentlich doch nicht, ihre Selbstinszenierung, die ist gekonnt! Aber ihre Bilder? Jedenfalls hat er ihr den halben Artikel gewidmet. Nicht unter Lokales wohlgemerkt, nein, unter Kultur! Ausgerechnet! Meine Sachen hat er nicht gesehen. Josefine sollte sie hinstellen, hat sie aber vergessen. Weil doch der Journalist so früh da war und dann hätten sie sich so toll unterhalten …

Josefine lässt nicht locker. „Hör mal, so geht das doch nicht weiter. Du bist völlig am Ende, ich mach mir echt Sorgen! Du brauchst 'ne Auszeit!"
„Nein!" Warum begreift sie das nicht? „Ich brauche keine Auszeit, ich brauche Arbeitszeit! Und die habe ich nicht! Weil ich ständig Leute anrufen und mit irgendwelchem Scheiß nerven muss."
Sie guckt mich mitleidig an. Verlegen ist sie nicht. Also, mir wäre das schon peinlich, wenn ich so viel Kohle hätte und meine Freunde nicht.

„Wie wär's, wenn ich den Mietvertrag vom Atelier übernehme und alles bezahle?" fragt sie plötzlich, „Dann wäre bei dir erstmal der Druck raus und du könntest weniger Stunden machen."

„Du darfst natürlich trotzdem weiter hier malen", setzt sie schnell hinzu, denn ich starre sie wohl ziemlich fassungslos an. „Wir werden uns da schon einig."

Auweia! Damit habe ich nicht gerechnet! Sofort habe ich wieder ein schlechtes Gewissen. Mist! Sie will mir wirklich helfen. Sie ist so nett! So solidarisch! Und ich bin eine neidische Ziege!

Ja, ich bin neidisch. Jetzt ist es raus! Ich bin so neidisch, dass ich kotzen könnte! Warum fliegt ihr alles zu und ich habe immer nur Stress? Mein ganzes Leben lang wollte ich doch einfach nur malen. Mehr nicht. Malen! Als ich es nicht auf die Kunstakademie geschafft habe, habe ich Kunstgeschichte studiert. Um zumindest irgendetwas mit Kunst zu machen. Karrieretechnisch war das für die Kunstszene ein No-Go. Das habe ich leider zu spät begriffen. Als Akademikerin kann man anscheinend keine Künstlerin sein, weil: zu viel im Kopf. Und nicht von den offiziellen Institutionen abgesegnet. So gesehen betreibe ich also ein exzessives Hobby, dass ich mir durch Telefonmarketing finanziere.

Josefine dagegen hat einen exotischen Quereinsteiger-Lebenslauf, Mexiko und so. Es ist nicht schlimm, dass sie auf keiner Kunst-Akademie war. Hauptsache, sie hat nichts Wissenschaftliches studiert. Das hätte ja ihren künstlerischen

Bauchinstinkt verdorben! Und sie hat genug Zeit und Geld, um sich ganz und gar der künstlerischen Imagepflege zu widmen. Das ist es doch! Das ist das, was zählt in der Szene! Das, was ich nicht kann! Selbstinszenierung! Wen kümmert es, dass ihre Bilder nichts Besonderes sind. Ohne Substanz! Sie hat kein eigenes Anliegen, kein eigenes Thema. Aber schafft es blendend, sich als Gesamtkunstwerk zu verkaufen.

Ich hasse sie! Nein, man darf nicht hassen. Ich hasse sie – und jetzt kommt sie mit so einem Vorschlag! Sie will mir wirklich helfen!

„Und?" Sie wartet auf meine Antwort und ich weiß nicht, was ich sagen soll. Will nicht, dass sie mitkriegt, was für Stürme in mir toben. Dass ich sie gleichzeitig anbrüllen, erwürgen und umarmen könnte.

„Ähm", murmele ich schließlich, „das ist wahnsinnig lieb von dir. Wirklich! Aber ich schaff das schon."

„Warum denn nicht? Du wärst den Stress los und ich mach es gerne. Ist für mich kein Ding, ehrlich!" Erwartungsvoll schaut sie mich an.

Ja, warum eigentlich nicht? Weil das hier mein Atelier ist! Meins! Sie ist nur die Untermieterin. „Kein Ding", sagt sie! Also echt jetzt! Ich könnte schon wieder kotzen!

„So viel Stress ist es ja gar nicht." Ich versuche, sie anzulächeln. Sie meint es gut. Sie kann doch nichts dafür, dass sie Geld hat. Woher soll sie wissen, dass ich an giftgrüner Galle fast ersticke? Ich will doch gar nicht neidisch sein! „Ich bin nur gerade in der heißen Phase und komme nicht so richtig weiter. Da flipp ich eben ab und zu aus."

Mit dem Katharinen-Zyklus schlage ich mich jetzt seit fünf Wochen herum. Aber er wird gut, ja, wirklich! Das wird das Beste, was ich je gemacht habe! Und ich bin so aufgeregt. So erschöpft. So froh. So frustriert, wenn es nicht voran geht. So enthusiastisch! Das Thema ist gewissermaßen vom Himmel gefallen.
Immer donnerstagmittags, wenn mein Callcenter-Leben vorbei ist und mein Künstlerleben so richtig beginnt, habe ich das gleiche Ritual:
Ich laufe mir Kopf und Seele frei, von Deutz aus über die Hohenzollernbrücke, am Anleger der Passagierschiffe vorbei, unter der Deutzer Brücke durch und bis zum Schokoladenmuseum. Und dann rüber zu der alten romanischen Kirche St. Maria in Lyskirchen. Dort setze ich mich in eine Bank und werde ruhig. Es tut immer gut, hier zu sein, sich einen Moment der Ewigkeit auszusetzen. Wie lächerlich mir mein Neid dann plötzlich erscheint.
„Jeder läuft in seiner Bahn, keiner stört den anderen", heißt es irgendwo in der Bibel. Genau. Ich soll nicht auf den Erfolg anderer achten. Ich soll einfach nur meine Kunst machen. Irgendwie relativiert sich hier alles, und ich weiß wieder, wer ich bin, was mein Auftrag ist.
Nur: wenn ich dann wieder im Atelier bin, da, wo sie ist … Wahrscheinlich muss ich auch deshalb jede Woche herkommen. Zur Entgiftung. Damit ich Josefine nicht eines schönen Tages erschlage.

Jedenfalls liebe ich diese Kirche. Das Licht, das sich in den Fenstern bricht. Der leichte Hauch von Weihrauch. Die alten Gewölbe, die blassen mittelalterlichen Fresken. Die Darstellung der Legende von Katharina. Eine mutige Frau, die für ihre Überzeugungen einstand. Die sich auch durch Folter und Tod nicht abschrecken ließ.

An jenem Donnerstag, als ich wie immer in der Bank saß, nachdachte, betete, da sah ich es plötzlich vor mir wie bei einem Stroboskop! Eine Bilderreihe zu Katharina! In Bezug gesetzt zu den Katharinas unserer Zeit! Sie flackerten durch meinen Kopf, in einer wahnsinnigen Geschwindigkeit: Malala, der die Taliban in den Kopf geschossen haben. Die überlebt hat und mutig weiter für das Recht auf Bildung kämpft. Carola Rackete, unbeirrt auf ihrer Rettungsmission; Sophie Scholl; Waris Dirie und die Beschneidung. Greta Thunberg, die einfach immer weiter „Feuer" schreit, trotz aller Anfeindungen. Fünf Motive! Fünf verschiedene Farbwelten! Für eine Themen- Ausstellung! In Kooperation mit dem Bistum. Oder einem Frauenkulturverein. Oder mit was weiß ich! Keine Ahnung! Später! Irgendetwas wird sich finden, irgendjemand, der die Ausstellung ausrichtet, der die Räumlichkeiten und Verbindungen hat! Das könnte mein Durchbruch sein, endlich! Aber erstmal malen, malen, malen! Darum geht es doch! Und rechts unten, als durchlaufendes Element aller Bilder, ein Selbstportrait, ganz klein, am Rand, beobachtend. Ich heiße Kathrin. Das ist ein Zeichen.

Seit fünf Wochen lebe ich nur noch, um das, was ich

gesehen habe, auf die Leinwand zu kriegen. Es ist schrecklich. Es ist wunderbar. Ich stöhne, ächze, male, schimpfe, benehme mich wie eine Irre.

Josefine versteht das nicht. Sie ist immer heiter und gelassen beim Malen. Sie malt gerne. Hat keine Ahnung, was für eine Quälerei so ein Bild sein kann. Dieses Ringen um Ausdruck, dieses Kämpfen mit dem Material. Aber meine Idee findet sie spannend, stellt Fragen, betrachtet die Skizzen und die schon fertigen Bilder. Sie hat mir versprochen, dass sie niemandem erzählt, woran ich arbeite. Vielleicht bin ich paranoid. Egal.

„Überleg dir das mit dem Atelier", sagt Josefine jetzt. „So kannst du jedenfalls nicht weitermachen." Sie steht auf, reckt sich, schlendert rüber zu ihrer Leinwand. Wieder ein Frauenmotiv. Wenn ich mich nicht alles täuscht nach einer Fotografie von Lotte Jacobi. Sie kneift die Augen zusammen.

„Das mach ich gleich fertig. Jetzt habe ich erstmal Hunger. Kommst du mit rüber zum Türken? Ich lad' dich ein"

„Nein, danke, jetzt gerade nicht. Aber du kannst mir ein Falafel-Sandwich mitbringen."

„Okay."

Weg ist sie und ich atme auf. Ja, sie ist nett. Und ich bin eine verkorkste, dumme Kuh. Aber jetzt muss ich hier weitermachen. Ich stelle mich vor mein Bild, umkreise es, hocke mich hin. Katharina Sophie Scholl. Das Rot gefällt mir noch nicht, viel zu grell. Vielleicht sollte ich mehr Braun rein mischen, es soll aussehen wie getrocknetes Blut. Rostig. Darf aber

69

nicht zu plakativ sein. Das Fallbeil ist unter der lasierenden Farbschicht nur zu ahnen.

„Josefine nicht da?" Jens steht in der Tür. Hat einen Stapel Leinwandbilder dabei und guckt sich suchend um.
„Sie holt nur was zu essen. Willst du warten?" Letzteres habe ich ziemlich ungnädig gesagt, ich gebe es zu. Aber Jens stört.
„Nein, keine Zeit." Na, das ist doch immerhin etwas.
„Ich muss spontan 'ne Weile weg, darum wollte ich schnell ihre Bilder vorbeibringen. Sonst kommt sie da ja bis zur Ausstellung nicht mehr dran."
Ausstellung? Davon weiß ich ja gar nichts. Und warum hat Jens Bilder von Josefine gelagert? Ich schlucke meine Überraschung runter.
„Stell sie einfach dahin", sage ich nur, und er lehnt den Stapel vorsichtig an die Wand. Dann seufzt er und fährt sich durch die verstrubbelten Haare.
„Schon der Wahnsinn, was? Wird' 'ne Riesennummer. Die hat echt immer ein Glück."
Das oberste Bild schreit vor Farbe. Typisch Josefine. Knalliges, unvermischtes Acryl-Rot aus der Flasche, direkt auf die Leinwand gepinselt. Der Farbauftrag sorgfältiger als sonst. Es sind fünf Bilder, zähle ich. Fünf.
Jens grinst mich an. „Irgendwie bin ich ja schon neidisch. Eine Einzelausstellung in dieser Frauen-Galerie in Nippes. Aber bei denen müsste ich als Mann ja sowieso passen. Soviel zur Gendergerechtigkeit." Er lacht. „Sag ihr, aus Sonntag wird nichts. Ich melde mich, wenn ich

wieder da bin."

Ich höre ihn die Eisentreppe runterpoltern. Und bin mit schnellen Schritten bei den Bildern an der Wand. Sophie Scholl. Ein rotes Beil. Das Bild dahinter zeigt eine schwarze Frau auf Gelb. Mit Wüstenblumen.

„Oh." Josefine steht in der Tür, etwas atemlos, mit einer weißen Plastiktüte in der Hand, eine Flasche Cola unterm Arm geklemmt. Sie begreift auf einen Blick, was los ist.

„Oh", sagt sie noch einmal, und dann: „Na ja, irgendwann musstest du es ja erfahren."

„Was erfahren! Dass du meine Ideen klaust?" Mir ist kalt, mir ist schlecht, ich glaube, ich bin schneeweiß im Gesicht.

Josefine bleibt ruhig. Nur ihre Stimme zittert etwas.

„Jetzt übertreib mal nicht. Ich fand das Thema eben auch interessant. Und ich habe doch wohl das Recht, meine eigene Interpretation umzusetzen."

„Red keinen Scheiß!"

Urplötzlich schießt mir das Blut in den Kopf, ich bin wütend, so wütend und bevor ich weiß, was ich tue, habe ich sie geschubst.

Sie taumelt ein paar Schritte zurück, fängt sich und starrt mich fassungslos an.

„Bist du verrückt?", kreischt sie. „Du kannst mich doch nicht …"

„Nicht was?" Ich baue mich drohend vor ihr auf. Diese niederträchtige, intrigante Schlange! Und ich Idiotin hatte die ganze Zeit ein schlechtes Gewissen!

„Du verdammte Schmarotzerin! Du hast doch noch nie eine eigene Idee gehabt! Du hast doch keine

Ahnung von Kunst!"

„Tja!", faucht sie. „Komischerweise bin ich aber diejenige, die jetzt eine Einzelausstellung hat! Und über die die Zeitung schreibt!"

„Ja, weil du eine verfluchte Blenderin bist! Du mit deinem Geld und deinem Aussehen und dem Scheiß-Mexiko!"

„Ach, ist da jemand neidisch? Meinst du, das hab ich nicht gemerkt? Dein ständiges Rumgejammer! Als ob dein Job Schuld dran ist, dass du es noch nicht weiter geschafft hast! Mach dir doch nichts vor! Erfolg kommt nicht von allein, man muss rausgehen, die richtigen Leute kennen, die angesagten Themen finden! Da muss man sich halt reinhängen!"

Jetzt hat sie sich in Fahrt geredet. Da ist nichts mehr von ihrer glatten netten Fassade, sie schreit, ihre Stimme schnappt über.

„Aber du hängst ja nur hier rum! Dabei hast du so verdammt gute Ideen! Dafür würde ich sterben! Wenn mir mal sowas einfallen würde! Das ist so unfair!"

„Was?" Also echt jetzt? Josefine ist neidisch? Auf mich? Ihr Gesicht ist ganz fleckig geworden. Rote Flecken. Nein, gar nicht hübsch.

„Weißt du eigentlich, wie schrecklich das ist, die Leinwand anzustarren und nicht zu wissen, was man malen soll? Weil da nur ein großes Nichts in einem ist? Die totale Leere? Nein, sowas kennst du nicht! Du bist ja immer total besessen! Und dann deine ganzen blöden Techniken! Textur und Collage und Eitempera und weiß der Geier was, dieser ganze

Scheiß, der bei mir nicht hinhaut! Das macht mich krank!"

Ich fange an zu lachen, ich kann nicht anders! Also nein! Dieses erbärmliche neidische kleine Würstchen!

„Und du willst Künstlerin sein!", pruste ich. „Vergiss es! Du hast es nicht! Nicht das, was wirklich zählt. Nur heiße Luft!"

„Das ist nicht wahr!" Jetzt weint sie fast, sieh mal einer an. „Ich bin eine Künstlerin! Ich muss mich nur noch finden. Aber das geht nicht! Weil du hier bist! Du blockierst mich, es ist deine Schuld!"

„Ach darum willst du das Atelier haben?" Das ist ja hier das reinste Kabarett! „Um mich raus zu drängen? Von wem klaust du denn dann, wenn ich nicht mehr da bin?"

„Hau ab!" Sie heult.

„Nein, nein. Da hast du was falsch verstanden." Schlagartig bin ich ganz ruhig, spreche langsam und deutlich. „Du haust ab. Ich schmeiß dich raus! Ich finde schon jemand Neues! Und die Ausstellung, die kannst du knicken! Ich glaube nicht, dass eine Frauen-Galerie Ideenklau unter Kolleginnen besonders solidarisch findet!"

Ich muss an die frische Luft! Lehne mich draußen ans Treppengeländer. Was für ein Himmel! Schwefelgelb. Es gibt bestimmt ein Gewitter. Und ich fühle mich, ja, fühle mich so derartig erleichtert! Das Schuldgefühl ist weg! Diese erbärmliche kleine Natter. Und auf die war ich neidisch. Das ist jetzt vorbei.

Die Tür geht auf. Josefine steht im Rahmen, ganz bleich.

„Bitte!", flüstert sie „Bitte, das kannst du nicht machen. Sag denen nichts, bitte!"

Das ist jetzt nicht wahr. Beklaut mich und will auch noch die Beute vermarkten.

„Du glaubst doch wohl nicht im Ernst, dass du damit durchkommst." Ich bin ganz kühl, dreh mich um und geh die Treppe runter. Was für ein Abgang! Ich bin stolz auf mich!

Da höre ich Schritte hinter mir. Und im nächsten Moment erhalte ich einen Stoß, fliege nach vorne, krache auf die Eisenstufen, überschlage mich, etwas knackt in meinem Kopf.

„Doch", höre ich Josefines Stimme. „Ich komm damit durch."

Dann ist alles schwarz. Pechschwarz...

erschienen in „Zwischen Godorf und Gomorrha – Mörderische Geschichten aus Kirche und Unterwelt"; Hrsg. Gitta Edelmann; CMZ Verlag 2016./ Überarbeitung 2020

♫ DIE DUMME PUTE VON IPANEMA

Jung und hübsch und braungebrannt,
sie ist am ganzen Strand bekannt,
wenn sie kommt, dann stürzen die Männer herbei!
Auch mein süßer Manolo, der Gute,
der steht total auf diese Pute
und wenn sie kommt, dann bin ich ihm einerlei.

Mmh, ich bin in tausend Nöten!
Und ich hab sie so gebeten:
„Ach, lass mir doch diesen einen!"
Doch sie lächelt nur böse und dann
macht sie ihn ganz lässig an!
Jung und hübsch und braungebrannt
hat fünf Kerle an jeder Hand,
doch sie, sie stiehlt mir den Mann,
nur weil sie es kann!

Doch das lass ich mir nicht länger bieten,
ich werd einfach ein Segelboot mieten
und wenn sie dann vorbeikommt, lad ich sie ein!
Ja, ich werde mit Bacardi winken,
wir werden zusammen Schwesternschaft trinken,
und heimlich kippe ich Blut ins Meer hinein.

Mmh, welch ein wildes Getümmel!
Aah, und ein Haifischgewimmel!
Das hier ist für mich der Himmel!
Und dann geb ich ihr einen Schubs,
sie ist gleich verschwunden: UPPS!

Jung und hübsch und braungebrannt
niemand weiß, wohin sie verschwand,
nur ich steh abends am Pier:
da ist nichts mehr von ihr!
Ja, da ist nichts mehr von ihr!
Ja, da ist nichts mehr von ihr!

Schubi-duba-duba-didei!
Lecker!

(2005)

ALL TOMORROW'S PARTIES

Der Flieger setzt mit einem Ruck auf dem Rollfeld auf. Ich bin also wieder da. Nach so vielen Jahren. Seltsam.

„Sanne, Saaaannne, hiiiierher!" Gitta hinter der Absperrung winkt und hüpft wie ein junges Mädchen. Ich erkenne sie sofort, manche Dinge ändern sich nie, sie hat immer noch diese blonde Mähne, allerdings reicht sie nicht mehr bis zum Po, wie früher. Und echt ist das Blond natürlich auch nicht. Ich habe vor vier Jahren mit dem Färben aufgehört – diese ganze Chemie! Ich stehe zu meinem Alter. Normalerweise.

„Sanne, wie schön!" Sie strahlt und fällt mir um den Hals. Sanne! Das ist lange her, dass man mich so gerufen hat. Seit vielen Jahren bin ich Susan: verantwortungsbewusst, verlässlich, Ehefrau, Mutter, ehemalige Krankenschwester und jetzt auch zweifache Oma.

Gitta sieht gut aus, natürlich hat sie einige Falten im Gesicht, aber sie wirkt spritzig, trägt Jeans, eine lila Lederjacke und hohe Stiefel, pinken Lippenstift. Bis gerade eben habe ich mich mit meinem grauen Kurzhaarschnitt, der Stoffhose und dem Twin-Set recht wohl gefühlt, aber nun …

Ich lasse mich auf den Beifahrersitz ihres Golfs sinken und klappe die Blende mit dem kleinen Spiegel herunter. Ich sehe furchtbar aus! Eine graue Gouvernante mit Krähenfüßen und dünnen Lippen. Neben Gitta werde ich offensichtlich im Minutentakt älter – und nervöser. Herrjeh, warum bin ich nur gekommen?

„Flieg ruhig hin", hatte Denis gesagt, „Das tut dir bestimmt gut!" und sich dabei sicherlich so etwas wie sein Highschool-Ehemaligen-Treffen im Pub vorgestellt. Ein gepflegtes Ale im Kreise von Dartspielenden älteren Herrschaften, die in gemeinsamen Jugenderinnerungen schwelgen.

Dass die Anker-Revival Party anders würde, war mir direkt klar, als ich die Einladungskarte bekam. Nur, wir sind ja inzwischen alle älter geworden. Und ruhiger. Dachte ich. Gittas jugendliche Erscheinung, die bringt mich nun doch aus dem Gleichgewicht. Was, wenn sie alle noch so aussehen? Wie früher? Und nur ich tauche als älteres Semester auf? Die haben mich doch ganz anders in Erinnerung! Ich war die Schmale mit den glatten, pechschwarzen Haaren, ein bisschen wie Cher. Nein, das ist wahrhaftig nicht Cher, die mir aus dem Spiegel entgegenblickt.

Gitta schiebt eine CD ein, „Siebziger Oldies, zur Einstimmung" und im nächsten Moment dröhnt auch schon das markante Intro von Deep Purple aus den Lautsprechern.

„Smoke on the water", grölt sie begeistert, während sie viel zu schnell aus dem Flughafen-Parkhaus brettert und deshalb am Zebrastreifen so abrupt anhalten muss, dass mich der Sicherheitsgurt hart nach hinten reißt. Ein paar Reisende mit Koffern schauen uns neugierig an. Ich gucke absichtlich in eine andere Richtung, aber Gitta grinst und winkt fröhlich. Zwei alte Schachteln, die Hard-Rock hören, welcome to Germany!

„Das wird so genial!" Gitta glüht vor Vorfreude, während wir die Autobahn entlang rasen und ich zwischendurch die Augen zumachen muss, weil mich dieser Rechtsverkehr total irritiert. Dass sie beim Fahren laut „Sympathy for the Devil" von den Stones mitsingt und sich dabei („huhuhu") wild hin und her wiegt, steigert nicht gerade mein Vertrauen.

„Es wird Altbierbowle geben, Asbach-Cola, Appelkorn. Und natürlich die Musik, nur Soul, Hard-Rock und Psychodelic von früher!"

Meine Güte, mit welcher Wucht sie in die alten Zeiten taucht! Gitta, wir sind fast siebzig! Und Hotte und die anderen – herrjeh! Wie sie wohl aussehen? Habe gerade letzte Woche noch ein paar alte Fotos durchgeschaut: wir alle mit diesen jungen Gesichtern, viel jünger als meine eigenen Kinder.

„Kommt Hotte?", frage ich

„Klar", sagt Gitta, „Alle kommen. Jürgen hat das top organisiert, den Saal gemietet und so. Den Anker gibt's ja leider nicht mehr. Hat Anfang der Achtziger zugemacht, jetzt ist da ein Döner-Laden. Also, unsere Zeit war schon die Beste!"

Unsere Zeit – das waren die frühen Siebziger. Und der Anker, das war unser Treffpunkt, ach was, mehr als ein Treffpunkt, der Anker war unser Leben! Von außen eine spießige Gaststätte mit spießigem Schild in einer spießigen Kleinstadt, drinnen vollgestopft mit Rockern, Hippies und APO-Anhängern auf Heimaturlaub, die von wilden Anti-Vietnam-Demos schwärmten und Altbier tranken.

Lange Haare, lange Bärte, Nickelbrillen, eine Mischung aus Lederjacken und indischen Hemden, dazu dieser ganz spezielle Duft in der rauchgeschwängerten Luft. Hinten vor den Klos war eine kleine Tanzfläche, aus der Jukebox dröhnten die Doors, The Who und die Stones.

Ich gehörte zu einer losen Clique, hauptsächlich Hotte, Benno, Gitta und ich, aber eigentlich war der ganze Anker eine große Familie, auch, wenn man manche nur vom Sehen kannte. Damals hätte ich geschworen, dass wir immer und ewig miteinander verbunden bleiben würden.

Letzten Endes war es Gitta, mit der ich in Kontakt blieb, zum Schluss nur noch einmal im Jahr, über die obligatorischen Weihnachtspostkarten. Verrückt, wie die Zeit rast, manchmal habe ich das Gefühl, dass da jemand auf die Vorlauftaste gedrückt hat. Nein, eigentlich können wir unmöglich schon so alt sein!

„Riders on the Storm" singt Jim Morrison und ich denke an den jungen Hotte, seine engen Hosen und dunkelbraunen Locken. Er sah unverschämt gut aus, damals, und das wusste er auch. Und jetzt beginne ich wirklich, mich auf die Party zu freuen.

Mir fällt noch ein Gesicht ein: Tine. Diese kühle, große Blonde, die immer einen braunen Nappa-Ledermantel trug und die gesamte Männerwelt verrückt machte. Ich kannte sie nicht besonders gut, war immer schrecklich aufgeregt, wenn sie zufällig mit mir sprach. Sie hatte so eine Ausstrahlung, ich kann es kaum beschreiben. Ein wenig wie Nico in ihrer Zeit mit den „Velvet Underground", bevor sie sich dunkel färbte und zur Dark Queen wurde. Tine war auch so eine „Femme fatale", kühl, ein wenig abwesend, als merke sie gar nicht, was ihre Gegenwart anrichtete, dabei durchaus freundlich, wenn sie mal den Mund aufmachte. Ich fand sie wunderbar.

„Tine, die wird doch mit Sicherheit auch da sein!"

„Nee, die nicht." Plötzlich klingt Gittas Stimme ganz anders und ich schaue sie überrascht an.

„Die kann nicht, die ist tot."

„Nein!"

Eigentlich sollte ich nicht erstaunt sein. In unserem Alter ist das nicht mehr ganz so ungewöhnlich, manche Freunde sterben. Aber gerade bei ihr fällt es mir schwer, das zu glauben. Sie war so, ich weiß nicht, so perfekt, so in Stein gemeißelt. Sind Göttinnen nicht unsterblich?

„Was war es denn?", frage ich, "Krebs, Unfall? Herzinfarkt?"

„Heroin", sagt Gitta und seufzt. „Es war schrecklich! Ein jahrzehntelanges Hin und Her, Entzug, clean, ein Weilchen Ruhe und dann ging es wieder los. Irgendwann lag sie dann tot auf dem Klo."

„Aber davon hast du mir gar nichts geschrieben!"

Gitta zuckt die Achseln. „Du hast sie doch kaum gekannt."

„Du etwa?"

„Ja, später schon." Offensichtlich will sie nicht darüber sprechen, setzt eher widerstrebend hinzu: „Das ist jetzt sechs Jahre her."

Sechs Jahre! Das ist nicht lang, das muss ich jetzt wirklich erst einmal verdauen! Schrecklich, kein schneller Abgang als junger Mythos, nein! Ein alter Junkie. Ausgerechnet Tine – dabei wirkte sie immer so souverän, so lässig, so unabhängig. Wie man sich täuschen kann.

Abends um halb acht fahren wir mit dem Taxi zum Vereinssaal der Tennissportanlage. Die liegt ziemlich einsam, direkt neben einem Schrottplatz, aber dafür gibt es keine Nachbarn, auf die man Rücksicht nehmen müsste. Ich muss mich immer wieder heimlich im Rückspiegel betrachten – Gitta hat ganze Arbeit geleistet! Nach der Dusche bei ihr, einer Portion Quiche Lorraine und mehreren Prosecco hatte sie plötzlich mit ihrer Frisiertasche und einem entschlossenem Gesichtsausdruck vor mir gestanden:,, Sanne, keine Widerrede!", und dann legte sie los. Ich ließ sie machen – sie ist Friseurin, versteht ihr Handwerk. Prosecco, Zigaretten, laut aufgedrehte Musik, jawohl, die brave, biedere Susan hat jetzt Auszeit! Heute Abend bin ich Sanne! Heute Abend will ich den Zeitsprung! Let's do the time warp!
Wir steigen aus dem Taxi, die Musik dröhnt uns schon hier draußen entgegen. Ich fühle, wie die Jahre von mir abfallen, England ist weit weg. Würde Denis mich überhaupt erkennen? Wer bist du und was hast du mit Susan gemacht? Meine Haare sind nachtschwarz wie früher und sehen dank Gel und Spray richtig verwegen aus. Dazu blutrote Lippen. Das weiße Herrenoberhemd, das Gitta aus dem

Schrank gekramt hat, sieht sexy aus, weit aufgeknöpft, ein paar Halsketten, lange Ohrringe, dunkelrote Fingernägel. Meine langweilige Stoffhose unter dem langen Hemd fällt gar nicht auf – in eine von Gittas Jeans habe ich beim besten Willen nicht gepasst.

„Da ist ja Gitta!", schreit eine Frauenstimme aus einer Gruppe vorm Eingang. „Gitta, wer ist das bei dir?"Bevor sie antworten kann, kreischt es auch schon schrill „Sanne, das ist ja der Wahnsinn!" und drei Frauen stürzen sich auf mich. Drei ältere Frauen, ich muss genau hingucken, bis ich die Gesichter unter den Falten erkenne: Erika, Hanne, bei der dritten muss ich passen. Sie heißt Rieke, ich kenne sie nicht, aber die Wiedersehensfreude ist trotzdem groß.

Gitta hat mich untergehakt und bugsiert mich energisch Richtung Saal. „Jetzt suchen wir erstmal Hotte und Benno", sagt sie, „bevor es sich rumspricht, dass du da bist. Du bist schließlich meine Überraschung! Ach ja, noch was!"

Sie bleibt abrupt stehen. „Sprich Benno bloß nicht auf Tine an. Der muss heute Abend wahrscheinlich sowieso ständig an sie denken, der arme Kerl. "

Bevor ich fragen kann, was ausgerechnet Benno mit Tine zu tun hatte, sind wir im Saal und schieben uns durch die Menge. Dichte Rauchschwaden überall, von Rauchverbot ist nichts zu merken. Die Musik ist ohrenbetäubend laut, na ja, wahrscheinlich sind die meisten hier sowieso schwerhörig, „Black Betty", Ram Jam dröhnt aus den Lautsprechern, auf der

Tanzfläche toben ein paar headbangende Graubärte. Ich muss lachen, es ist ein verrücktes Bild! Ich frage mich, wie viele von uns sich heute Nacht ein Schleudertrauma zuziehen werden, aber egal! Ich werde auch tanzen! Und ich fühle mich … gut, ja, ich fühle mich einfach verdammt gut!

Ich muss zugeben, ein wenig habe ich mich vor der Party gefürchtet – ich will keine depressive Wehmut, als ob das einzig wahre Leben damals im Anker stattgefunden hat. Es war schön, sicher, aber ich bin zufrieden heute, ganz ehrlich! Ich will heute Nacht nur ein wenig in der Vergangenheit schwelgen, ohne es allzu ernst zu nehmen.

Wir wühlen uns weiter durch die tanzende und wogende Menge, ich will auf die andere Seite, da stehen Bistrotische und man sieht Leute reden, also wird die Lautstärke dort sicher erträglicher sein.

Ein großer, hagerer Mann hebt den Kopf, sieht uns, kommt uns mit schnellen Schritten entgegen. Das ist Benno, eindeutig, und offensichtlich weiß er auch genau, wer ich bin.

„Sanne, das gibst doch nicht!" Er umarmt mich, ich rieche seinen leichten Tabakgeruch, wir schauen uns an, er lächelt und brüllt über die Musik hinweg.

„Du siehst super aus! Weiß Hotte schon, dass du hier bist?"

Er ist alt geworden. Sein Gesicht ist eingefallen, weißer kurzer Bart, Glatze, seine Augen hinter der John-Lennon-Nickelbrille lächeln nicht mit, sehen fast ein wenig gehetzt aus.

„Mensch, Benno, gut dich zu sehen!", schreie ich

zurück und umarme ihn noch einmal. Er ist ein lieber Kerl, ich hab ihn immer gemocht. Er drückt Gitta kurz, dann schauen wir uns alle etwas verlegen an und wissen nicht, was wir sagen sollen, die Musik ist einfach zu laut, unmöglich, sich normal zu unterhalten.

„Ich guck mal, wo Hotte ist", brüllt er schließlich, ich nicke und steuere auf die Bistrotische zu, Gitta im Schlepptau.

Hier ist es besser. Man kann in aller Ruhe sitzen und Leute beobachten. Erstmal alles langsam angehen lassen. Gitta findet das nicht.

„Mach was du willst, ich muss jetzt jedenfalls tanzen!", sagt sie und ist schon wieder unterwegs.

„Jetzt warte doch mal", rufe ich ihr nach, „warum soll ich nicht mit Benno über Tine reden?"

Sie dreht sich um, seufzt und kommt zurück.

„Weil sie verheiratet waren." Sie setzt sich hin. „Da warst du schon längst weg. Er hatte die fixe Idee, dass ihr ein bürgerliches Leben helfen würde – aber es war hoffnungslos. Irgendwann haben wir aufgehört zu zählen, wie oft sie vom Entzug nach Hause kam, während er uns versicherte, dass nun endlich alles gut würde …"

„Uns?"

„Hotte und mir. Wobei, ich hab mich ja irgendwann komplett rausgezogen, hatte einfach zu viel im Geschäft zu tun und außerdem ging mir das Ganze total an die Nieren."

Sie nimmt sich eine Zigarette aus meiner Schachtel auf dem Tisch, zündet sie an.

„Weißt du", sie atmet den Rauch aus, „das klingt

jetzt sicher hart, aber eigentlich war es gut, als es endlich vorbei war. Benno hätte das nicht mehr lange ausgehalten, der ging echt vor die Hunde."

Sie steht abrupt auf.

„So, und jetzt will ich nicht mehr daran denken. Wir wollen schließlich feiern." Schon steuert sie auf die Tanzfläche zu, Zigarette lässig im Mundwinkel. „Komm schon, Sanne!"

Ich will nicht. Benno tut mir so leid. Und Tine auch. Ich kann es immer noch nicht fassen, dass sie abhängig war. Ich meine, mit Hasch haben wir alle damals rumgespielt, das gehörte zum guten Ton. Aber Heroin, nein, nie! Das war tabu, ein Teufelszeug, sagte Hotte immer. Wir hätten auch gar nicht gewusst, wie wir daran gekommen wären. Das bisschen Gras, das wir rauchten, brachte Hotte mit, der oft für die Gärtnerei seines Vaters nach Holland fuhr.

Ich sehe Benno auf der anderen Seite des Saales, wie er sich suchend umschaut. Offenbar hat er Hotte noch nicht gefunden. Gebrechlich sieht er aus, die Schultern hängen nach vorn, die Jeans und das Batik-Hemd schlackern um seinen hageren Körper. Das muss alles schrecklich für ihn gewesen sein. Gut, dass Hotte zu ihm gehalten hat.

Mir ist plötzlich kalt und ich kaure mich auf meinem Sitz zusammen, schling die Arme um die Knie. Ach Sanne, was warst du doch früher für ein dummes, kleines, naives Mädchen. Der Anker war wohl doch nie so harmlos und rosarot gewesen! Fast fünfzig Jahre habe ich geglaubt, wir hätten damals nur ein bisschen Hippie gespielt, uns ausgetobt, bevor der

Ernst des Lebens begann. Dass eine von uns den Übergang zum normalen Leben nicht schaffen, in einer traurigen Endlosschleife hängen bleiben und schließlich auf einem Klo verrecken würde – nein, das wäre unvorstellbar gewesen!

„ Sanne!" Urplötzlich steht er hinter mir! Hotte! Ich rappele mich hoch, da hat er mich auch schon in die Arme genommen.
„Wow, Mädel, du siehst ja heiß aus!"
Seine grünen Augen sprühen Funken, wie früher, und seine Stimme hat noch immer diesen besonderen Klang– wenn er auch ein wenig brüchig und angeheitert klingt. Er hat sich gut gehalten – wenn Jim Morrison überlebt hätte, dann sähe er jetzt so aus! Ganz in schwarz gekleidet, die Haare kurz und graumeliert, aber noch dicht und ohne lichte Stellen.
„Hotte, Mensch, schön dich zu sehen!"
Meine Knie werden einen winzig kleinen Augenblick ganz weich, wie bei einer Siebzehnjährigen. Siebzehn war ich, als ich ihn kennengelernt habe – und sechs Jahre lang habe ich diese weichen Knie gehabt – bis ich nach England gegangen bin. Hotte hat nie etwas davon geahnt. Er wollte keine seelischen Komplikationen, er wollte „nur spielen", mit Sex &Drugs & Rock'n Roll. Aber er hat es geschafft, nie den Boden unter den Füßen zu verlieren. Gitta hatte erzählt, dass er ein erfolgreicher Geschäftsmann geworden ist, und das sieht man. Ich bin erleichtert. Sicher hat er die Ankerphase ohne Bedauern hinter sich gelassen, genau wie ich, und möchte heute

Abend nur ein wenig in alten Zeiten schwelgen.

Gitta dagegen werde ich lieber im Auge behalten, ich weiß noch von früher, wie schnell sich ihre Euphorie in das heulende Elend verwandeln kann.

„Komm, lass uns tanzen!" Hotte zieht mich hinter sich her, Led Zeppelins Intro zu „Stairway to heaven" läuft und nun habe ich doch etwas Herzklopfen. Nicht, dass ich meinen Denis nicht liebe. Aber gerade jetzt bin ich ganz gerne hier, mit Hotte.

„Und, was hältst du von unserer alten Truppe?", fragt er

„Das weiß ich nicht, ich bin doch gerade erst angekommen."

„Hast du uns denn nie vermisst?"

„Doch, natürlich."

„Weißt du, als du weggegangen bist – danach war es einfach nicht mehr dasselbe hier."

Meint er das ernst? Eigentlich hatte er damals nicht gerade am Boden zerstört gewirkt, als ich von meinem Plan, nach England zu gehen, erzählt hatte. Dann fällt mir das mit Tine und Benno ein, vielleicht war ja nach meinem Weggang auch die Zeit der Unschuld vorbei.

„Ich hab schon gehört, das mit Tine", sage ich daher.

„Ach, Tine." Das klingt fast ein wenig abfällig. Er muss mein Befremden gespürt haben, denn jetzt lächelt er verlegen.

„Entschuldige. Aber du hättest Benno erleben sollen, die hat ihn einfach fertig gemacht."

„Doch nicht mit Absicht!"

„Weiß man's? Jedenfalls hat sie sich erst an ihn

drangehängt, als sie schon hoffnungslos süchtig war. Vorher hatte er doch keine Schnitte bei ihr, diesem eiskalten Engel."

„Du mochtest sie nicht?"

„Nein. Sie war eine arrogante Mieze, nichts weiter."

„Mir tut sie leid.", sage ich.

Er zuckt die Achseln. „Das ist jetzt alles vorbei. Lass uns über dich reden. Du hast also England unsicher gemacht?"

Wir tanzen noch einen Song zusammen, dann treffe ich weitere bekannte Gesichter, lache, erzähle, gratuliere Jürgen zu der tollen Party. Auch mit Benno tanze ich, aber wir reden kaum – ich bin froh, dass die Musik so laut ist, ich weiß einfach nicht, was ich sagen soll, die tote Tine steht zwischen uns und er weiß nicht, dass ich es weiß. Gitta wirbelt umher wie ein Irrwisch, fällt mir zwischendurch um den Hals („Das ist ja alles so toll!") und tanzt weiter. Dann kommt Hotte wieder auf mich zu, mit zwei Gläsern in der Hand.

„Hier, für dich, Asbach-Cola."

„Danke." Ich muss kichern „haben wir wirklich früher so ein grauenhaftes Zeug getrunken?"

Er grinst und prostet mir zu. Sein Glas enthält eindeutig etwas anderes.

„Bei aller Nostalgie, das tu ich mir nicht an."

Es ist Bourbon und sicherlich nicht sein erster. Er legt den Arm um meine Schultern. „Komm, wir gehen raus! Wenn wir schon nostalgisch werden, dann richtig."

Draußen ist es dunkel, aber der Mond ist da und die

Sterne leuchten. Hotte bleibt plötzlich stehen.

„Warte, ich hole Benno und Gitta." Und schon ist er wieder im Saal verschwunden.

Ich stehe allein draußen, drinnen dröhnt „Satisfaction" von den Stones, viele Stimmen grölen den Refrain mit, die Tanzfläche ist sicher gerammelt voll. Dann kommen sie, Gitta hat Benno und Hotte zu beiden Seiten untergehakt und sprudelt über vor Begeisterung.

„Du wirst es nicht glauben, aber Hotte war in Holland", ruft sie und kichert los.

„Schht", Hotte lacht leise, „das müssen ja nicht alle mitkriegen. Ich bin immerhin seriöser Geschäftsmann."

Gitta prustet, Benno sagt nichts, er wirkt abwesend. Wir tasten uns in der dämmrigen Dunkelheit weiter, gelangen bis an einen niedrigen Maschendrahtzaun, die Grenze zum Schrottgelände. Hier setzen wir uns ins Gras.

„Also, Benno, bist du sicher, dass du das willst?", fragt Hotte.

„Klar, natürlich, warum denn nicht?" Auch Benno ist nicht mehr ganz nüchtern. „Das eine hat doch mit dem anderen nichts zu tun." Plötzlich klingt er aggressiv. Hotte seufzt.

„Wenn du meinst", sagt er und holt etwas aus der Hosentasche. „Bei mir ist es jedenfalls verdammt lang her. Aber ich dachte, zur Feier des Tages …"

Und dann beginnt er, das kleine braunes Klümpchen mit dem Feuerzeug an zu flämmen. Ich schaue wie hypnotisiert zu, ich kenne alle Bewegungen immer noch ganz genau, da ist er, der Zeitsprung. Wir schreiben das Jahr 1972.

„Wer sagt's denn, ich kann's noch." Hotte hält zufrieden einen Joint hoch. „Na, ist das nicht ein Prachtstück?"

„Super!" Gitta applaudiert.

Benno starrt immer noch vor sich hin. Dann sagt er heiser: „Ich zuerst."

Hotte reicht die Tüte rüber und gibt Benno Feuer. Der zieht mit aller Kraft, sein Gesicht wirkt dabei verbissen, als ob er sich etwas beweisen müsse. Da ist er, dieser Duft, den ich so viele Jahre nicht mehr in der Nase hatte.

„Ich will auch mal", quengelt Gitta. Danach bin ich dran, inhaliere tief, halte den Atem an und gebe an Hotte weiter. Zuerst spüre ich nichts, aber dann setzt es ein, das leichte Schweben. Ich lehne mich zurück, starre in den Himmel und höre Gitta vor sich hin gackern, wie eine kleine, alte zufriedene Henne, die wider Erwarten doch noch ein Ei gelegt hat – ich muss kichern, diese Bild in meinem Kopf, gack gack, hihi.

„Mädels, alles in Ordnung?", höre ich Hottes amüsierte Stimme. „Los, singt doch mal was" Und dann dröhnt er los „O Moon of Alabama!"

Benno seufzt, aber sonderlich entspannt wirkt er immer noch nicht. Die zweite Runde lasse ich an mir vorbeigehen, Gitta dagegen zieht gierig und muss husten.

„Na-na!" Hotte klopft ihr auf den Rücken, „Gittchen, langsam, langsam." Dann legt er sich mit einem zufriedenen Aufstöhnen auf den Rücken.

„ Das ist doch jetzt wirklich wie früher, oder? Nur

wir vier und über uns der fette alte Mond."

„Stimmt. Wie früher. Gitta übertreibt, Sanne starrt die Sterne an und du redest zu viel." Das ist Bennos Stimme, sie klingt blechern, als ob ihn das Sprechen große Anstrengung kostet.

„Ich hab dich nicht gezwungen, mitzumachen." Jetzt ist Hotte derjenige, der gereizt reagiert.

„Schon gut, so hab ich das nicht gemeint." Nun hört sich Benno nur noch traurig an.

„Ach ja?" Hotte setzt sich mit einem Ruck auf und starrt ihn kampflustig an. Stimmt, auch das ist wie früher – wie hatte ich das vergessen können. Hotte wurde immer aggressiv, wenn er kiffte – vor allem, wenn er auch noch getrunken hatte. Ein friedlicher Hippie war er jedenfalls nie.

„Ach nö, lasst das doch! Nicht wieder Zoff", Gitta steht schwankend auf. „Ich muss mal Pippi", setzt sie hinzu und wandert Richtung Vereinsheim. Auch genau wie früher. Zumindest hockt sie sich nicht hinter einen Busch.

„Tschuldigung", sagt Benno, „mir geht es nicht gut. Ich hätte nicht kommen sollen."

„Das war doch klar", knurrt Hotte, „das habe ich dir doch schon vorher gesagt. Du hättest zu Hause bleiben sollen, statt hier allen die Stimmung zu versauen. Sanne ist extra aus England gekommen, um mit uns zu feiern, und du kriegst den Blues."

„Das war eine Scheißidee, diese Party", murmelt Benno. „Ich denke die ganze Zeit, sie ist nur kurz aufs Klo, kommt dann wieder raus."

„Aufs Klo, um sich einen Schuss zu setzen?", zischt Hotte.

„Halt`s Maul. Sie war nicht immer so!"

„Klar, das arme reiche Mädchen."

„Halt`s Maul, hab ich gesagt", Benno springt auf, taumelt etwas, fängt sich wieder. „Entschuldige, Sanne, ich muss hier weg."

Hotte und ich bleiben zurück. Er bietet mir den Rest der Kippe an, aber ich schüttele den Kopf.

„Du bist gemein", sage ich, aber Hotte scheint mich nicht zu hören.

„Ziemlich beste Freunde", sagt er und es klingt bitter. „Ich habe nie begriffen, was sie an diesem Nervenbündel gefunden hat." Er nimmt einen letzten Zug, drückt den Stummel im Gras aus und wirft ihn hinter sich. „Ich meine, Benno war doch immer eine halbe Portion. Der Pseudo-Intellektuelle mit Nickelbrille. Bei mir hätte sie es besser gehabt."

„Du meinst Tine?" Ich versuche, seinen Gesichtsausdruck zu erkennen. „Ich dachte, du konntest sie nicht ausstehen!"

Hotte lacht und plötzlich klingt er wieder ganz fröhlich.

„Sanne, Sanne, du glaubst immer, was man dir sagt, nicht wahr? So warst du schon damals. Du hast alles geglaubt. Das habe ich so gemocht an dir. Du warst ein liebes, sauberes Mädchen. Nicht so eine verdammte Schlampe wie Tine. Die hat einen fertig gemacht!"

Er versucht, den Arm um mich zu legen, aber ich schüttele ihn ab.

„Also hattest du was mit ihr?"

„Die arrogante Zicke", knurrt er, „eiskalt war die.

93

Wollte nichts mit mir zu tun haben. Aber mit allen möglichen sonst hat sie angebändelt, die Schlampe, zum Schluss hat sie sich sogar an Benno gehängt! Ausgerechnet an diesen Verlierer!"

Plötzlich bricht er in ein schrilles, lautes Gelächter aus, wirft sich nach hinten ins Gras, lacht und lacht. Mir ist klar, dass er reichlich hinüber ist von dem Bourbon und dem Joint, trotzdem kriege ich eine Gänsehaut.

„Sollen wir nicht reingehen?", frage ich und stehe auf. Erstaunlich schnell ist auch Hotte auf den Füßen und hält mich fest.

„Jetzt warte doch mal, ich will dir eine Geschichte erzählen, eine schöne Geschichte, willst du keine schöne Geschichte hören?"

„Ich will rein", sage ich, aber Hotte lässt mich nicht los.

„Es war einmal eine kalte Königin", raunt er, „die hatte viele Untertanen, die sie sehr liebten und alles für sie getan hätten. Ihr war das egal."

„Hotte!"

Na ja, wenn ich ehrlich bin, möchte ich die Geschichte schon hören.

„Ein Ritter wollte ihr ganz besonders gern seine Ergebenheit beweisen. Er brachte regelmäßig Weihrauch mit, aus den niederen Landen und ..."

Er kichert wieder los, freut sich über sein Wortspiel.

„Weihrauch, niedere Lande, hast du's kapiert?"

„Ich bin nicht blöd", sage ich.

„Und sie nahm alles, aber ihn stieß sie fort. Da hörte er von einem ganz besonderen Stoff, der Flügel verleiht und den brachte er ihr als Geschenk. Und sie verfiel dem Fliegen mit Haut und Haaren und schließlich bezahlte sie ihn mit allem, was er wollte." Wieder platzt er los, lacht lauthals. „Ist das nicht eine tolle Geschichte, Sanne?", fragt er.

Ich starre ihn an, kann nicht glauben, was er da gerade erzählt hat.

„Du warst das? Du hast ihr den Stoff besorgt? Du hast immer gesagt, Heroin sei tabu …"

„Wie ich schon sagte, Sanne, du hast immer alles geglaubt. Das habe ich so an dir gemocht." Jetzt schmiegt er sich wieder an mich, ich versuche ihn von mir wegzuschieben, mir ist plötzlich ganz schlecht vor Ekel, aber er ist schwer, hängt schwer an meinem Arm!

„Heroin war damals im Kommen, es wäre doch dumm gewesen, nicht ins Geschäft einzusteigen. Ob ich nun Hasch oder H geschmuggelt habe, das Risiko an der Grenze aufzufliegen, war das gleiche." Er kichert zufrieden. „Dann schon lieber für etwas, das sich auch lohnte. Und nicht nur kohlemäßig." Endlich gelingt es mir, ihn wegzustoßen. Er lacht immer noch.

„Jaja, Tine, der eiskalte Engel. Was meinst du, wie lieb und anschmiegsam sie wurde, wenn sie Nachschub brauchte. Gut, später war sie dann nur noch eine alte, widerliche Schlampe, die hätte ich mit der Kneifzange nicht mehr angerührt. Aber es war doch immer wieder schön, sie betteln zu sehen, in den vielen, vielen Jahren, wo sie immer hässlicher wurde und …"

„Du Schwein!" Wie ein Geschoss taucht Benno aus der Dunkelheit auf, stürzt sich auf Hotte, es geht alles blitzschnell, Hotte, der einen gewaltigen Stoß in den Rücken bekommen hat, fliegt nach vorne, geht zu Boden und dann höre ich ein Geräusch, als ob etwas zerreißt und gleichzeitig Hotte, der röchelnd die Luft einzieht, röchelt, röchelt. Dann ist es still.

Benno steht neben mir, er zittert am ganzen Körper. „Ruhig", sage ich und lege ihm den Arm um die Schultern. „Ganz ruhig, Benno! Setz dich hin!" Gehorsam lässt er sich ins Gras sinken, beginnt zu schluchzen. Ich gehe vorsichtig drei Schritte in Hottes Richtung.

„Hotte?" Keine Antwort. Er liegt am Boden, rührt sich nicht. Und ich sehe noch etwas: die Konturen eines Pfahls, der aus seinem Rücken ragt. Er ist direkt in den Zaun gestürzt.

Scheiße! Ich brauche ihm nicht den Puls zu fühlen, das war's, das seh ich direkt. Okay, eins nach dem anderen, Susan. Notarzt rufen, Benno beruhigen, Polizei. Und dann? Hotte kann keiner mehr helfen, und im Moment ist mir das auch egal, er war ein Schwein, ein verlogenes Schwein, Benno ist wichtiger, Benno hat genug gelitten, Benno darf nichts passieren.

Ich gehe rückwärts drei Schritte zurück, fasse Benno an der Hand und sage leise: „Komm mit rein, wir tanzen, wir haben die ganze Zeit getanzt, hörst du. Und wir haben ein bisschen über alte Zeiten geplaudert, draußen. Hotte war spazieren."

„Aber …", sagt Benno

„Nein", sage ich, „Hotte war spazieren, allein".

Das gleiche sage ich auch Gitta. Dass Hotte

spazieren gegangen ist. Und dass Benno und ich schon länger wieder da sind, sie hat uns nur nicht gesehen, wir standen hinten und Benno hat mir von Tine erzählt und sieht darum so mitgenommen aus. Dann tanze ich mit Benno, der die ganze Zeit abwesend vor sich hin starrt. Nico singt „All Tomorrow's Parties" und ich sehe Tine vor mir, wie sie an der Bar stand, mit ihren langen blonden Haaren, keine Femme Fatale, nur ein schüchternes, unsicheres Mädchen.

Während ich ein Taxi rufe, hat Gitta Benno unter ihre Fittiche genommen, sie hat den Arm um ihn gelegt, redet leise, tätschelt ihm die Schulter. Sie wirkt fast wieder nüchtern, erstaunlich. Ab und zu wirft sie mir einen prüfenden Blick zu, aber ich schaue in die andere Richtung.

„Willst du nicht mal nach Hotte sehen?", fragt sie.

„Ach", sage ich, „der rennt irgendwo rum. Ehrlich gesagt bin ich ganz froh, dass er mal die Finger von mir lässt." Ich versuche ein verlegenes Lächeln.

„Dieses ganze Sanne Sanne- Gerede… der wurde zu anhänglich, immerhin bin ich glücklich verheiratet."

„Sicher", sagt Gitta.

Dann sagt sie nichts mehr, sie scheint sich auch nicht darüber zu wundern, dass ich mit Benno ins Taxi steige und etwas von „Komm gleich zu dir, bring ihn nur sicher nach Hause " murmele. Und nach Hotte fragt sie gar nicht mehr.

Am nächsten Morgen sind wir schon auf dem Weg zum Flughafen, als ihr Handy bimmelt. Sie drückt auf die Freisprechanlage und ich erkenne Jürgens Stimme, ganz flach und gepresst. Unfall, sagt er. Hotte im Dunkeln gestürzt, volltrunken. Dieser Scheißzaun, er hätte es wissen müssen, seine Schuld, er hat den Saal gemietet ...

Wir beruhigen ihn beide, nein, Jürgen, du kannst nichts dafür, wie schrecklich, armer Hotte, oh Gott, wie fürchterlich. Dann fahren wir schweigend weiter, den ganzen Morgen haben wir geschwiegen, nur ein paar Floskeln ausgetauscht, „Kaffee oder Tee?", „Hast du das Ticket?", eine Art Code, um uns zu versichern, dass zwischen uns alles stimmt, es etwas anderes ist, das uns hat verstummen lassen.

Gitta fährt ins Parkhaus, schleicht geradezu die Rampe hoch, der Schwung von gestern ist uns wohl beiden abhandengekommen. Sie parkt, macht den Motor aus, atmet aus und wendet sich dann zu mir.

„Sanne", sagt sie, „ mach dir keine Sorgen. Wir sind zu dritt wieder in den Saal gekommen und ich habe Euch die ganze Zeit gesehen. Hotte war allein spazieren."

„Ja", sage ich, wage es aber nicht, ihr in die Augen zu blicken.

„Ich pass auf Benno auf. Ich habe immer auf Benno aufgepasst. Und ich kann schweigen." Nun ist sie diejenige, die geradeaus guckt, mich nicht anschaut.

„Tine war eine blöde Kuh, hat's nicht geregelt gekriegt! Dieses jahrelange hin und her. Und Benno ging dabei drauf. Darum habe ich keinen Krankenwagen gerufen, als ich sie bei ihnen zu Hause auf dem Klo gefunden habe. Die Terrassentür stand auf, Benno war unterwegs und ich, ich hab die Terrassentür zugezogen und bin gegangen. Es war besser für ihn. "

Im Flieger starre ich auf die Wolken. Arme Tine. Ich habe sie gemocht, sie war immer ruhig und freundlich in ihrem braunen Nappaledermantel. Ich will nach Hause. Ich will zu Denis.

erschienen in „Die Letzte macht das Licht aus"
Hrsg. Mechthild Zimmermann/Antje Fries; Via Terra
Verlag 2013

♫ BAUERNBURLESKE

Die Lilien auf dem Tisch, sie welken,
die Suppe ist auch schon ganz kalt.
Denn er musste erst die Kühe melken,
und dann noch mal weg in den Wald.
Ihre Pumps aus Lederimitat
sind leicht ramponiert, weil ein Bulle drauf trat.
Sie hatte sich so schön aufgemotzt –
doch dann hat der Hund auf ihr Kleid gekotzt

Ach, warum kam sie her? Sie hörte den Ruf der
Sirenen.
Ab Fünfzig guckt doch keiner mehr, dabei hat sie
noch dieses Sehnen.
Der lockende Ruf: „Hier findest du Liebe!"
erweckt auch in Stadtpflanzen ländliche Triebe!
Sie suchte ihr Glück in der Wochenschau,
fand sein Inserat: „Bauer sucht Frau"

Wie lang ist sie hier? Erst zwei Wochen?
Ihr scheint es eine Ewigkeit.
Frühmorgens schon denkt sie: „Was soll ich nur
kochen?"
Doch zum Essen hat er keine Zeit.
Ihm sind ihre Mühen auch einerlei,
am liebsten isst er nur Spiegelei.
Begrüßt sie ihn kess im Negligee,
murmelt er ganz verlegen: „Mein Rücken tut weh!"

Ach, warum kam sie her? Verführt von dem Ruf der
Sirenen.

Sie hofft ja noch immer, immer auf mehr
und schluchzt: „Nun ist Schluss mit den Tränen!"
Das wär doch gelacht: Sie will diese Liebe!
Auch dieser Bauer hat männliche Triebe!
Er ist doch sehr stattlich und nur etwas scheu…
ja, morgen kriegt sie ihn ins Heu!

Am nächsten Tag, in der Frühe
lauert sie schon seit Stunden nackig im Stall.
Er füttert gerade die Schweine und Kühe
Jetzt kriegt sie ihn rum – auf jeden Fall!
Er starrt sie stumm an und dann – ganz bewusst–
rammt er ihr die Heugabel tief in die Brust!
Als sie tot zusammen bricht
murmelt er verlegen: „Mama will das nicht!"

Mama ist zwar schon lange nicht mehr,
doch regelt sie noch immer seinen Verkehr

Und er trägt die Tote durch den Wald
zu seinem geheimen Gräberfeld.
Dort ist es sehr schön, nur eng wird es bald,
er hat immer gut mitgezählt:
Mit ihr sind 's der Frauen jetzt ganz genau sieben!
Endlich kann er sie auf seine Art lieben!
Er besucht das Grab jeden Donnerstag
und bringt ihr Lilien – weil sie die mag!
Und inseriert neu in der Wochenschau:
Wills noch mal probieren: Bauer sucht Frau.

(2016)

DER LACK IST AB

„Vier Kugeln bitte: Gianduia, Bacio, Schoko, Straciatella."

Ich bin gerade dabei, eine neue Ladung Waffeln aus dem Karton unter der Theke hervorzukramen. Die heisere Stimme lässt mich zusammenzucken. Ich kenne sie. Eine ganze Weile habe ich sie nicht gehört – und von mir aus hätte es auch noch eine Weile so bleiben können. Vorsichtig tauche ich aus der Deckung auf.

„Bine, Süße! Du immer noch hier? "

Als ob sie das nicht wüsste.

Ich strahle sie an. Es gelingt mir einigermaßen.

„Monka! Wie schön! Du hast dich ja gar nicht verändert!"

Das stimmt nicht, Gott sei Dank! Ja, sie hat noch diese traumhafte Figur, hat immer schon Unmengen Schokolade essen können, ohne auch nur ein Gramm zu zunehmen – ganz im Gegensatz zu mir. Dazu diese Wahnsinns-Augen, tief-grün und dann natürlich ihre Stimme, rauchig-erotisch. Um die habe ich sie immer beneidet. Aber ansonsten sieht sie faltig aus, nach zu viel Sonne und zu vielen Zigaretten. Was ich nur fair finde. Ab einem gewissen Alter heißt es bei uns Frauen halt Kuh oder Ziege. Bin eigentlich ganz gerne Kuh, nur jetzt gerade nicht. Sie starrt mich an. Ungeniert. Röntgenaugen durch meinen Arbeitskittel hindurch, unter dem ich ein Schlabber-T-Shirt und weite Baumwollhosen trage.

„Du leider schon", sagt sie dann. Genau wie früher.

Taktgefühl war nie ihr Ding, sie betonte immer ihre Ehrlichkeit. Na ja, Ehrlichkeit ist Definitionssache. Hinter Monka murren die Leute. Es ist ein heißer Tag, die Schlange ist lang. Und auf der Terrasse sind alle Plätze besetzt. Hochbetrieb. Ich fülle hastig ihr Hörnchen und hoffe, dass sie jetzt geht. Sie schiebt mir das Geld über die Theke und schaut mich nachdenklich an.

„Ich bin für ein paar Tage bei meiner Schwester", sagt sie, „wir sehen uns."

„Ich will sie nicht treffen", sage ich zu Alessandro, meinem Ehemann, als wir abends den Laden zu machen und die Eisbehälter in den Kühlraum stellen.

„Dann lass es", antwortet er zerstreut, er ist schon dabei, sich die grüne Uniformjacke zuzuknöpfen. Stimmt ja, heute ist Stammtisch. Vom Schützenverein.

„Aber ich bin neugierig, was sie so getrieben hat. Und sie wird sowieso wieder ins Café kommen, mit mir reden wollen und die Kunden nerven."

„Dann geh", sagt Sandro. Er ist wirklich keine große Hilfe. „Tschüss, Liebchen." Weg ist er.

Liebchen! Früher hätte er „Ciao, Amore" gesagt. Aber diese Zeiten sind schon lange vorbei. Genauso vorbei, wie seine dunkle Lockenpracht und seine athletische Figur. Jetzt ist er ein mittelalter Italiener mit Glatze und Bäuchlein. Und Gitarre spielt er auch nicht mehr. Dafür Piccoloflöte. Beim Martinsumzug.

Monka und ich waren früher unzertrennlich und Dauergast im Café. Das Gymnasium liegt gleich um die Ecke und immer noch hocken hier während der Freistunden Trauben von Schülern, die sich gegenseitig die Hausaufgaben zu schieben und Ewigkeiten vor einer einzigen Latte Macchiato sitzen. Das hat sich nicht geändert in all den Jahren, nur, dass Monka und ich damals Kakao mit Sahne tranken und Luigi, Sandros Onkel, den Cappuccino klassisch deutsch mit Sahnehaube servierte – den bieten wir inzwischen auch wieder an, es gibt tatsächlich Nostalgiker.

Als Sandro dann in jenem Sommer auftauchte, schlug er natürlich ein wie eine Bombe- es gab, glaube ich, kein Mädchen, das nicht in ihn verknallt war. Eigentlich studierte er deutsche Literatur in Mailand und wollte bei seinem Onkel nur ein wenig jobben und deutsch vor Ort lernen. Für Eis interessierte er sich nicht die Bohne. Aber für Theater, Musik und natürlich Literatur.

Als ich bei Annemarie schelle, bin ich reichlich nervös. Monkas jüngere Schwester wohnt nur wenige Straßen von unserem Zuhause weg. Sie hat das Elternhaus übernommen, ich habe das Elternhaus übernommen, wir sind beide nie aus Kempen raus gekommen. Gut, natürlich gab es bei mir die alljährlichen Familienbesuche in den Dolomiten, zumindest, solange die Kinder noch klein waren. Später sind wir immer seltener gefahren. Zu viel zu tun, wir haben inzwischen auch im Winter geöffnet. Dann gibt es Kaffee, Kuchen und

Glühwein. Monka hat schon überall gelebt. Kairo, Paris, London, auch mal Beirut. Was immer sie da gemacht hat.

Sie öffnet sofort die Tür und strahlt mich an. „Bine, ich freu mich ja so!"

Das klingt aufrichtig und ich merke, dass ich mich auch freue. Wir nehmen uns in den Arm und sind beide ganz gerührt.

„So", sagt Monka dann, schnappt sich ihre Handtasche und zieht mich mit. „Wir gehen jetzt erstmal essen, ich lad dich ein. Wo willst du hin?"

„Mmh, ich will zum Italiener. Richtung Krefeld." sage ich. In Kempen kennt mich jeder. Oder fast jeder, zumindest treffe ich immer irgendjemanden, wenn ich ausgehe. Und ich möchte mit Monka allein sein. Vorsichtshalber.

Monka zuckt die Achseln und geht zu ihrem knallroten Golf, der direkt vor der Tür geparkt ist.

„Italiener, war ja klar", grinst sie dabei und wirft mir einen ihrer aufreizenden Blicke zu. „Dunkle Augen, dunkle Locken, knackige Figur ... Tja, was soll ich sagen? Soweit ich gesehen habe, ist bei Sandro reichlich der Lack ab."

„Gar nicht!", sage ich etwas zu heftig. „Und er hat immer noch eine tolle Stimme!"

Und dann frage ich mich, warum ich überhaupt darauf eingegangen bin. Na ja, wahrscheinlich, weil ich vor kurzem auch darüber nachgedacht habe. Über den Lack. Heute Morgen zum Beispiel, als Sandro im Bad lauthals einen deutschen Schlager geschmettert hat, den Titel habe ich verdrängt.

Gut singen konnte Sandro schon immer. Wie er sich

damals auf der Gitarre begleitet und dabei mit seiner warmen, männlichen Stimme diese unglaublich schönen, sehnsüchtigen Balladen vorgetragen hat: von Claudio Baglioni, Lucio Battisti, Fabrizio de André und wie sie alle hießen. Ach, was war ich da in ihn vernarrt! Liebe geht bei mir durch die Ohren, eindeutig.

Wir fahren nicht nach Krefeld rein, sondern halten unterwegs. Es ist ein nettes Restaurant direkt an einer Allee mit wunderschönen, uralten Bäumen. Dort waren wir vor einem Jahr zum Weihnachtsessen mit dem Mütterstammtisch, der sich immer noch regelmäßig trifft. Wir witzeln ja schon, dass wir uns bald in Oma-Stammtisch umtaufen müssen. Während des Essens erzählt Monka. Das konnte sie schon immer gut. Und erzählt. Und erzählt: Wen sie wo kennt, wo sie welche Schuhe gekauft hat, wo es die beste Schokolade der Welt gibt und über ihre geschäftlichen Reisen bis ins ferne Mexiko, wobei ich nie ganz begreife, was sie eigentlich tut. Meine diesbezüglichen Fragen überhört sie einfach. Ich habe Osso Buco bestellt, sie nur Carpaccio, sie will Platz im Magen lassen, die Dessertkarte sieht gut aus. „Zurzeit lebe ich in Amsterdam, auf einem Hausboot. Ja, stell dir vor, genau das habe ich mir immer gewünscht."

„Toll", sage ich.

„Eigentlich", sie wirft mir einen tiefgrünen Blick zu, „habe ich immer so gelebt, wie ich es wollte. Was ist mir dir?"

Jetzt endlich bin ich also dran. Eigentlich will ich nicht. Was soll ich auch groß erzählen, die Kinder sind aus dem Haus, die Mädchen studieren beide, eine in Bonn, eine in Münster, Oscar hat seine KFZ-Lehre schon lange fertig und eine gute Anstellung in Moers gefunden. Wohnt dort, kommt aber regelmäßig bei uns vorbei. Hotel Mama eben, Wäsche waschen und so weiter. Während ich für saubere Blaumänner sorge, fährt er mit Sandro zum Angeln an die Niers. Die beiden haben sich schon immer gut verstanden.

Eigentlich weiß Monka genau, dass ich nichts Weltbewegendes zu berichten habe: Kempen halt, nicht Mexiko.

„Ich mache jetzt einen Theaterkurs in der VHS", sage ich und merke sofort, wie erbärmlich das klingt. Natürlich, wenn man bedenkt, dass ich eigentlich auf die Schauspielschule wollte, das Theater revolutionieren.

Sandro und ich hatten uns immer leidenschaftlich übers Theater unterhalten, das hatte uns zusammen gebracht – in dem Fall hatten Monkas grüne Augen und ihre erotische Stimme nicht den gewünschten Erfolg. Das war für sie eine ganz neue Erfahrung, da bin ich sicher. Aber sie hat nun mal kein Faible für Kultur, erst recht nicht für deutsche Kultur.

Sandro kannte sie alle, Goethe, Schiller, Brecht (ich liebte es, wenn er „Brecht" sagte und bei dem „ch" so süß die Luft einzog. Er konnte es einfach nicht aussprechen). Ja, wir träumten davon, zusammen in Berlin oder Hamburg zu leben – doch dann kam Oscar. Und dann Luisa. Da waren wir bereits verheiratet – und Sandro führte auch schon das Geschäft, weil Luigi krank geworden war. Und das war es dann.

„Du bereust es, nicht wahr?", sagt Monka jetzt und das trifft mich nun doch wie ein Tritt in den Magen. Sie kommt ja schnell zur Sache! Obwohl, ich habe ehrlich gesagt nichts anderes erwartet. Das Dessert wird gebracht und ich bin dankbar, erst einmal nichts sagen zu müssen. Ich habe nur einen Espresso bestellt, bin froh, wenn ich kein Eis mehr sehen muss – ich nasche zu viel im Café und wäre gerade jetzt gerne etwas weniger Kuh.

Monka dagegen hat eine riesige Portion Schokoladeneis geordert und schlemmt hemmungslos. Sie war schon immer schokosüchtig.

„Du bereust es und das kann ich dir nicht verdenken", raunt sie und leckt genüsslich ihren Löffel ab.

„Ich bereue überhaupt nichts", sage ich, erneut eine Spur heftiger als ich es eigentlich wollte. Ich sollte gelassen klingen, ja, vielleicht sogar ein wenig mitleidig. Immerhin habe ich drei Kinder und einen Ehemann vorzuweisen, eine Familie! Monka hat nichts! Nur ein Hausboot in Amsterdam.

Muss schön sein, morgens wach zu werden, den ersten Cappuccino beim Glucksen des Wassers und dem Tuckern der Schiffsmotoren zu trinken und dabei Paolo Conte zu hören ... und keinen deutschen Schlager.

„Und ob du das tust, Süße, ich kenn dich doch."

Warum kann sie nicht an ihrem Schokoeis ersticken? Das Schlimme ist, dass etwas in mir „Ja, du hast

Recht!" ruft. Dieses Etwas hat sich seit Jahren kaum gemeldet, und wenn, habe ich es energisch mit Amaretto betrunken gemacht, so dass es schließlich resigniert hat.

Damals, bevor das mit Sandro und mir losging, und Monka und ich noch Tag und Nacht zusammen hingen, da war dieses Etwas in mir sehr lebendig, hörte Monkas verrückten Ideen begierig zu und trat energisch für die Umsetzung ein. Zum Beispiel im Porzellanladen einen Aschenbecher klauen, weil nur dann die Zigaretten so richtig abenteuerlich schmecken würden. Nach Amsterdam trampen und uns richtig zu dröhnen – das Geld hatte Monka besorgt, wie, wollte ich lieber gar nicht wissen. Oder nachts über Land zu irgendwelchen Dorffesten trampen und sich von betrunkenen Bubis nach Hause fahren lassen – ein Wunder, dass wir nicht in irgendeinem Graben gelandet sind. Meistens kam bei mir direkt danach der Kater und ich schwor mir, mich nie mehr auf ihre verrückten Unternehmungen einzulassen. Bis zum nächsten Mal, wenn dieses wilde Etwas in mir wieder den Kopf reckte.

„Also, ich hab mir was überlegt: willst du zu mir nach Amsterdam ziehen?"
Ich verschlucke mich an dem Grappa, den ich gerade trinken wollte. „Was?"
„Zu mir, auf mein Hausboot", sagt Monka
„Das ist nicht dein Ernst!"
Ich bin total verwirrt, also, damit habe ich nicht gerechnet. Schließlich hat sich unsere Freundschaft nicht wirklich davon erholt, dass ich und Sandro

damals – wo sie doch auch … Gut, sie hatte sich schnell getröstet, mit Stefan, der schon immer in sie verknallt war. Allerdings war bald wieder Schluss, und das war auch gut so, denn er war kurze Zeit später mitten in der Nacht mit 180 Stundenkilometer zwischen Kempen und Autobahnauffahrt gegen einen Baum geknallt, nachdem er den elterlichen Safe geplündert und den Porsche seines Vaters geklaut hatte. Alles war total verbrannt, ihn konnte man nur noch anhand der Zähne identifizieren. Da war Monka schon so gut wie weg, zunächst noch zur Uni nach München, von dort in die ganze Welt, alle Jubeljahre mal auf Stippvisite in Kempen, wo wir uns grüßten, ab und zu einen Kaffee zusammen tranken, uns aber ansonsten in Ruhe ließen.

Und jetzt lud sie mich einfach so auf ihr Hausboot ein?

„Ich stelle es mir wunderbar vor, du und ich, wie in alten Zeiten. Komm schon, Bine!"

Wir sitzen draußen auf der Terrasse, in einer Hollywood Schaukel und qualmen. Die Nacht ist warm und die Sterne funkeln. Ich muss an früher denken, an die langen Abende mit Monka auf den Parkbänken am Wall, rauchend und unser zukünftiges Leben erträumend. Mir ist etwas schwummrig, das Rauchen ist ungewohnt und eigentlich trinke ich gar keinen Grappa. Außerdem habe ich ein paar Gläser Chianti intus, Monka auch, dazu noch einen Schokoladenlikör, aber etwas in mir hat keine Lust darüber nachzudenken, wie wir eigentlich wieder nach Hause kommen wollen.

„Ich will nicht mehr durch die Weltgeschichte reisen, ich möchte gemütlich auf meinem Bootssteg sitzen und mich mit jemandem unterhalten, der mich kennt. Ohne Stress."

Das hört sich idyllisch an. Wie groß ist so ein Boot eigentlich? Ein eigenes Zimmer wäre mir allerdings wichtig, das müssten wir noch klären, damit wir uns nicht auf die Nerven gehen. Im Notfall eine Trennwand. Ich könnte irgendwo kellnern. Oder Eis verkaufen, davon versteh ich was. Holländisch kann ja nicht so schwer sein.

Dann fällt mir ein, dass es gar nicht geht! Ich bin verheiratet! Herrje, so ein Mist!

„Aber das brauchst du doch nicht zu bleiben."

Für Monka scheint das kein Hindernis zu sein. Es ist aber eins. Scheidung? Was das angeht, ist Sandro sehr italienisch. Und katholisch. Ich übrigens auch.

„Ähm, das klappt nicht", sage ich.

Monka nimmt einen tiefen Zug an ihrer Zigarette.

„Dann musst du dir was anderes überlegen. Gehört der Laden eigentlich euch beiden?"

„Ja. Wir beerben uns gegenseitig, das haben wir so festgelegt."

„Sandro hat als Selbstständiger doch bestimmt eine Lebensversicherung für die Rente, oder?"

„Ja, sicher."

„Du wirst Geld brauchen, wenn du zu mir ziehen willst", sagt Monka versonnen „Weißt du, ich bin zurzeit nicht besonders flüssig und es sind allerhand Reparaturen am Boot fällig. Damit wir nicht absaufen. Wäre doch schade." Sie lacht glucksend, mit ihrer heiseren, erotischen Stimme. „Wenn Sandro einen Unfall hätte, dann hättest du keinen Stress mit der Scheidung. Und genug Geld, damit wir noch vor dem Winter das Boot durchrenovieren können. Du brauchst schließlich ein eigenes Zimmer."

Da hat sie Recht. Aber irgendetwas war gerade seltsam.

„Wieso Unfall?", frage ich blöd. „Sandro fährt sehr vorsichtig."

„Ach" Monka macht eine wegwerfende Handbewegung. „So was kann immer passieren – denk doch an Stefan. Das ganze schöne Geld aus Papas Tresor ist mit ihm verbrannt. Heißt es. Es waren genau 21.430 Mark."

„Ich verstehe nicht." sage ich und bin hellwach. Etwas in mir hat witternd den Kopf gehoben. Etwas in mir hatte sich schon immer gefragt, wie Monka es damals eigentlich geschafft hat, einfach so von München nach Kairo zu ziehen. Mit ihrem Bafög bestimmt nicht.

Sie lacht wieder. „Du weißt, was ich meine, Süße. Es ist ganz leicht, man braucht nur ein bisschen was von Autos zu verstehen. Wie Holger. Du erinnerst dich noch an Holger? Der mit den dunklen Locken. Der war doch so autoverrückt und hat einem immer alles genau erklärt. Man brauchte ihn nur fragen."

Ja, an Holger erinnere ich mich. Und mir gefällt das Gespräch überhaupt nicht mehr. Ich will auch nicht mehr nach Amsterdam. Ich kann schließlich zu Hause genauso gut ein eigenes Zimmer haben, die Kinder haben ihren Krempel mitgenommen, ich habe freie Auswahl.

„Ich will nach Hause", sage ich.

Monka runzelt unwillig die Stirn. „Du kneifst also?", fragt sie. „Du willst nicht mitkommen?"

„Nein", sage ich, bevor Etwas es sich anders überlegt.

„Das tut mir leid." Nun ist ihre Stimme leise. „Sehr leid sogar. Das wäre schön gewesen mit uns. Willst du nicht doch in Ruhe drüber nachdenken?"

Ich schüttele den Kopf.

Sie tritt ihre Zigarette aus. „Ich versteh dich nicht. Ich hätte das schon gemanagt. Du hättest gar nichts damit zu tun gehabt." Sie seufzt. „Na gut, dann halt auf die andere Tour. Denn Geld brauche ich trotzdem. Erstmal nur für die dringendsten Reparaturen am Boot. Später werden wir weiter sehen. Wie schnell kannst du 5.000 EUR rausziehen?"

Ich starre sie an.

„Komm schon, das ist doch eine relativ kleine Summe. Da wird dir ja wohl was zu einfallen."

Ich bin immer noch fassungslos. Monka bietet mir eine weitere Zigarette an, die ich mechanisch nehme, sie gibt mir Feuer und steckt sich dann selber eine an.

„Schon komisch, dass Oscar ausgerechnet Automechaniker geworden ist. Wer hat sich eigentlich diesen Namen ausgesucht? Oscar? Ist doch urdeutsch."

„Den gibt es auch in Italien", sage ich und mein Hals ist ganz trocken. „Das war eine deutsch-italienische Lösung. Sandro liebt doch die deutsche Kultur."

„Aber einen durch und durch deutschen Sohn zu haben, ist ihm dann vielleicht doch nicht so lieb, würde ich annehmen? Na ja, was heißt schon Sohn!" Monka kichert vergnügt.

Nein! Also weiß sie. Woher? Mir ist schlecht! Das wusste doch keiner! Nur Holger natürlich – aber der hatte damals mit jeder was, der ist doch bis heute nicht auf die Idee gekommen, dass Oscar … Damals war da etwas in mir, das dunkle Locken streicheln wollte, etwas, das Trost brauchte, weil Sandro zurück nach Italien gegangen war. Für immer. Aber er ist zurückgekommen, als ich ihn angerufen habe … weil ich doch schwanger war … ein toller Vater ist Sandro, bei allen Martinsumzügen dabei … er hat nie nachgerechnet.

Oscar und er gehen immer zusammen angeln … wenn Sandro wüsste …!

„Ich wollte es ja für mich behalten, aber du lässt mir keine Wahl, meine Süße."

Ich sitze da und kann nicht sprechen.

„Also, was denkst du?", fragt Monka so beiläufig, als ob sie mich nach meiner Meinung über ein paar neue Schuhe gefragt hätte.

„Ich glaube, ich fand deinen ersten Vorschlag besser.", sage ich schließlich. Bei einer Scheidung hätte ich schlechte Karten, und wenn ein Vaterschaftstest alles beweisen würde … Oscar darf nichts erfahren.

„Super!", Monka strahlt. "Du, ich freu mich! Das müssen wir feiern." Sie sieht glücklich aus. Sie scheint mich wirklich zu mögen. Wir setzen uns wieder rein und bestellen Prosecco, aber ich trinke kaum, mir ist immer noch schlecht und schwummrig und ich muss für eine ganze Weile verschwinden.

Schließlich bezahlt Monka und schwankt zu ihrem Wagen. Einen weiteren Grappa hat sie auch noch getrunken. Eigentlich möchte ich jetzt nicht bei ihr einsteigen.

„Bine, jetzt komm schon."

„Nein, das ist mir zu riskant."

„Stell dich nicht so an!"

Und plötzlich sind wir im dicksten Streit. Kein schöner Abschluss dieses besonderen Abends.

Aber wenn Monka sauer ist, fährt sie noch schneller als sonst – nein, da kriegen mich keine zehn Pferde rein.

Schließlich lässt sie den Motor aufheulen und braust ohne mich ab. Ich muss mich erst beruhigen und setze mich eine Weile in die Hollywood-Schaukel. Dann rufe ich ein Taxi. Der Fahrer ist sehr nett und ich erzähle ihm von dem Streit und dass ich mir Sorgen mache, ob Monka gut nach Hause kommt.

Plötzlich verlangsamt er die Fahrt, hält an. „Das sieht böse aus." sagt er.

Ich springe aus dem Taxi.

Rettungswagen, Feuerwehr, Schweißgeräte, die qualmenden Reste eines roten Golfs, der sich buchstäblich um den uralten Baum am Straßenrand gewickelt hat.

„Monka!", schreie ich und renne los, man hält mich auf, „Da ist nichts mehr zu machen!", höre ich und dann bekomme ich auch schon einen hysterischen Anfall. Irgendwann, irgendwie ist Sandro da und nimmt mich in die Arme. „Es ist alles gut, es ist alles gut", raunt er.

Da hat er Recht. Es ist wirklich alles gut. Ich bin froh, dass Oscar nicht nur die dunklen Locken seines Vaters geerbt hat, sondern auch seinen KFZ-Verstand. Und dass er mir immer alles so gut erklärt hat; zum Beispiel wie gefährlich es ist, wenn sich eine Spurstange löst – fand ich damals sehr spannend, hätte aber nie gedacht, dass mir dieses Wissen mal nützlich sein könnte. Nachdem ich Monka auf meinem Weg zum Klo den Autoschlüssel aus der Handtasche stibitzt und in ihrem Bordwerkzeug einen 17er Maulschlüssel entdeckt habe, habe ich wirklich nur wenige Minuten gebraucht. Und einen Streit vom Zaun brechen kann ich auch gut, ich kenne doch Monka. Kannte doch Monka.

„Alles ist gut, Liebchen", raunt Sandro mit seiner warmen, melodischen Stimme in mein Ohr und ich habe eine Gänsehaut. Ich liebe es, wenn er bei dem „ch" so süß die Luft einzieht. Er kann es einfach nicht aussprechen. Wie bei Brecht.

erschienen in „Bitterböse; Schokoladenkrimis vom Niederrhein"; Hrsg. Ina Coelen/Brigitte Glaser, Leporello Verlag 2009

♫ SCHWEDENTHRILLER

Am nördlichen Polarkreis ist Kommissar Sven
Svensson
aus Stockholm hierhin strafversetzt,
er sagt dazu: „ Na wenn schon!
Hier oben ist so gar nichts los, ich lasse die Dinge
laufen!
Die Leute hier sind still und nett
da kann ich in Ruhe saufen"
Endlich muss er gar nichts müssen
dabei müsste er's doch besser wissen!
In jedem Schwedenthriller ist der Serienkiller
ein ganz Stiller!

Draußen ist es bitterkalt,
der Kommissar sitzt drinnen
Niemand läuft heut durch den Wald,
der müsste völlig spinnen.
Doch Assistent Nils Holgersson,
der sieht die Dinge anders!
Stapft eifrig durch den tiefen Schnee,
sagt sich dabei: „Ich kann das!"
Da stolpert er, fällt hin, wie dumm!
Ihm wird ganz schlecht, da liegt was rum!
Völlig tiefgefroren, mit knallroten Ohren:
Drei Autoren.

Nils schreit auf, er kennt sie gut:
Die treffen sich alljährlich
zur Schreibklausur im Dorfhotel;
ihr Talent war spärlich.

Sie waren nett, drum hat das Dorf Bewunderung
geheuchelt;
Nun sind sie hin, das sieht er gleich.
Wer hat sie nur gemeuchelt?
Ganz bleich ruft er Sven Svensson an,
der soll kommen so schnell er kann!
Ein dreifach- Mord, an diesem Ort,
ist ein Rekord!

Sven Svensson knurrt, ihm ist saukalt,
steht murrend vor den Leichen.
Hat sich noch einen Schnaps geknallt;
der muss jetzt erstmal reichen.
Und auch die Kippe geht ihm aus,
man hört ihn leise fluchen.
Was hat denn auch sein Assistent im tiefen Wald zu
suchen?
Er hustet kurz, der Kommissar,
dreht sich zu Nils, sagt lapidar:
„Ermittlung nicht schwer, letaler Verkehr
mit Bär!"

Nils stottert, schweigt, er traut sich nicht,
und würde so gern was sagen.
Er liest den Polizeibericht
und hätt so viele Fragen.
Dass ein Bär im Winter schläft, das weiß doch jedes
Kind.
Und hat ein Bär denn ein Gewehr,
ist Sven Svensson etwa blind?
Die Toten sind längst abtransportiert
und in der Kreisstadt fix kremiert.

Da ist Erklärungsnot! Drei Autoren sind tot!
Durch Schrot!

Sven Svensson trinkt und lacht,
ihm ist so wohl zumut.
Denn wieder einmal hat er Glück,
und es lief alles gut!
Nils Holgersson, der dumme Kerl, ist vor 'nen Baum
geknallt!
Die Bremsen haben wohl versagt … Das denkt der
Staatsanwalt.
Sven kaut zufrieden Kautabak:
Dem hat er's gezeigt, dem Autorenpack!

In 'nem Schwedenthriller braucht der Serienkiller
kein Motiv: nur töten will er!

*erschienen in „Die besten Kugelschreiber 2018"; Hrsg. Dieter
Dresen / Herbert Reichelt
Kid-Verlag 2018; Im Rahmen von „Wachtberger Kugel –
Preis für komische Lyrik"*

CAFFÉ CORRETTO

Ich hasse es, zuzuschneiden. Ich hasse es, aber genau das ist hier mein Job. Die anderen sagen, es ist das, was ich am besten kann. Stimmt aber nicht ... ich kann, ich kann ... konnte doch so viel! Damals, als ich meinen Abschluss in Mode-Design gemacht und dann auch noch diesen heißbegehrten Platz im Atelier von Rita Belfinger ergattert hatte! Alle hatten mich beneidet, da draußen war ich eine der wenigen, die es geschafft hatten, von der man noch hören würde.

Hier drinnen sieht es anders aus. Da bin ich die Ruhige, Solide, Akkurate, eben die, die die Prototypen zuschneidet ... und die den Kaffee kocht, wenn es spät wird und die Sekretärin nach Hause gegangen ist. Spät wird es meistens, wir starten zwar morgens um neun Uhr, aber Frau Belfinger kommt erst am Spätnachmittag und hat nichts für Spießer übrig, die Wert auf eine geregelte Arbeitszeit legen. Die haben in der Modebranche nichts zu suchen; einigermaßen pünktlich Schluss zu machen, gesteht sie nur den Bürokraten aus der Verwaltung zu. Ihr kreatives Team hat zu bleiben, bis sie selbst nach Hause geht. Und ich gehöre zum kreativen Team, zumindest dem Namen nach.
Zunächst hatte ich mir tatsächlich eingebildet, dass ich aufgrund meiner Entwürfe die Stelle bekommen habe. Inzwischen habe ich begriffen, dass meine kreative Einmischung nicht wirklich erwünscht ist.
„Ach Marianne, du bist doch unsere gute Seele hier

im Atelier" war das Einzige, was sie mir auf meine Frage nach Mitarbeit geantwortet hat, und dabei hat sie mich kurz gedrückt.

Die gute Seele, ja, das bin ich wohl wirklich. Manchmal schüttet sie mir ihr Herz aus, wie schwer sie es in dieser Branche habe, umgeben von Neidern und Speichelleckern und wie einsam und kalt es doch auf ihrem Olymp sei. Sie, die kühle, marmorne Göttin braucht ab und zu etwas abrufbare menschliche Wärme. Dafür bin ich zuständig. Ich bin ein eher fülliger Typ, in meinen Bewegungen etwas behäbig, meine Stimme ist ruhig, warm, daher hält sie mich für mütterlich, mitfühlend, harmlos, und nur deswegen hat sie mich ausgesucht.
Statt im Vorstellungsgespräch über Design, Abschlussdiplom, Praktika und kreative Träume zu sprechen, hätte ich genauso gut den Wetterbericht vorlesen können, es hätte für sie keinen Unterschied gemacht.
Das ist also mein Job: zuhören, zuschneiden, Kaffee kochen. Gute Seelen können keine interessanten Künstler sein! Und so koche ich den Kaffee fürs Team, bringe ihr gesondert ihren geliebten doppelten Spezial- Espresso, den mit dem reichlichen Schuss Grappa, „Caffè Corretto" und alle tun so, als glaubten sie die Geschichte, dass es nur Grappa-Flavour ist, wie früher das Rum-Aroma von Doktor Oetker für den Waffelteig. Alkohol im Atelier ist tabu, sie spricht gern über Nüchternheit, Aufmerksamkeit, Klarheit und dass wir uns ein Beispiel an ihr nehmen sollten. Es sind lange

Vorträge, die sie meistens dann hält, wenn sie von einem ihrer Leadership- Wochenenden zurückgekommen ist. Dann sitzen wir alle um sie herum und nicken und wissen, dass wir eine Nachtschicht einlegen müssen, um unsere wegen ihrer Predigt liegen gebliebene Arbeit zu bewältigen.

Die Grappa-Flasche steht weggeschlossen bei mir ganz hinten im Schreibtisch, ich bin die Geheimnisverwahrerin. Alle spielen mit, inklusive Frau Belfinger, die mir komplizenhaft zublinzelt, wenn sie die Tasse in schnellen Zügen leert. Niemand würde sie je darauf ansprechen, gleiches Recht für alle fordern, niemand kommt ihr gerne in die Quere.

Dann mache ich mit meiner Arbeit weiter, schneide zu, beobachte dabei die anderen, die Schar der kreativen, innovativen, postmodernen Möchte-Gerne männlichen Geschlechts, die sich um sie drängen, mit ihr Entwürfe besprechen, sie Rita nennen. Und dabei Stoffe und Schnitte entwerfen, bei denen ich friere. Aber sie wissen, wie man es macht. Sie wissen auch, wie man ein demütiges Gesicht behält, wenn Frau Belfinger wie eine Furie durchs Atelier tobt, mit Stiften wirft und ihre Anhänger beschimpft, dass sie alle nichts taugten, keinen Funken Kreativität ihr eigen nennen könnten, nur bei ihr schmarotzen wollten.

Später lächelt sie dann wieder kokett, „Na, da habe ich euch mal wieder in Schwung gebracht, was Tilo? Das ist mein künstlerisches Temperament, da müsst ihr halt durch."

„Ach Rita, wir kennen dich doch", sagt er dann, dabei hat er innerlich vor Angst geschlottert, wie alle anderen auch.

Sie, die kühle, marmorne Göttin kann in Sekundenschnelle zur Megäre werden, die zerreißt, zerfetzt, tötet. Er duckt sich wie alle, doch er weiß, was er zu antworten hat, wenn sie wieder Göttin ist. Er weiß, wie er sich geben muss, er weiß, wann er das arrogante, junge Raubtier mit großer Zukunft und wann er den schüchternen Jüngling zu bringen hat, der dankbar seiner Mentorin gehorcht. Er weiß auch, wann er ihr diskret seine Ideen als die ihren unterjubelt. Noch. Er ist vorsichtig. Seine Zeit ist noch nicht gekommen. Darüber ist sie sich im Klaren. Ihr Thron steht fest.

Tilo, Lukas, René, Tim, junge Männer, die die Stürme überdauern. Anders als die Frauen. Da waren wir mal zu dritt im Team, inzwischen bin ich allein. Unsere Rollen waren klar definiert, ich die Mutter, Uta die Zicke und Annette … ach, Annette, das Sternenkind.

Uta hat versucht, durchzuhalten, sie wollte den Namen Belfinger in ihrem Lebenslauf. Im Gegensatz zu mir wusste sie von Anfang an, dass es für Geschlechtsgenossinnen nahezu unmöglich ist, längerfristig einen Platz im Team zu halten. „Du sollst keine Göttin neben mir haben", und Rita Belfinger war schon immer eine Göttin. Zunächst eine Laufsteggöttin, die die richtigen Leute kannte, auf den richtigen Partys verkehrte, so weiß wie Schnee, so rot wie Blut, so schwarz wie Ebenholz –

123

kühl und geheimnisvoll, kein unschuldiges kleines Schneewittchen, eine hochbeinige Schneekönigin, die rechtzeitig einen ehewilligen Investor gefunden hat und so, als ihre Schönheit alltäglich wurde, direkt auf ein eigenes Label umsatteln konnte.

Nun ist sie die Design-Göttin, die Mode-Richterin, die die Trends setzt, zumindest glaubt sie an diesen Ruf, will es glauben. Tatsächlich schlug ihr Label nie richtig ein, es hält sich ganz ordentlich, aber für wirkliche Größe hat es nicht gereicht. Und nun geht es mit jeder Saison ein bisschen weiter bergab, das Job-Karussell im kreativen Team dreht sich schneller und schneller, und es sind die Frauen, die die Wucht der Zentrifugalkraft am eigenen Leib erfahren. Du sollst keine Göttin neben mir haben – Uta war zu selbstbewusst, zu hochbeinig, zu zielstrebig. Die Belfinger hat schnell gemerkt, dass sie nicht zu unterwerfen war und hat sie darum systematisch ausmanövriert. Hat ihr entweder die langweiligsten Aufgaben übertragen, oder aber kurz vor knapp die kompliziertesten Entwürfe, die niemand in so kurzer Zeit geschafft hätte, um sie dann vor versammelter Mannschaft herunter zu machen. Uta war tough, gab contra, erfüllte ihre Rolle als Zicke, aber auf Dauer konnte sie dieser Gewalt nicht standhalten, konnte auch den anderen nicht standhalten, die ihre Skizzen versteckten, Informationen nicht weitergaben, alles taten, um sich selbst dadurch bei der Göttin lieb Kind zu machen. Die wusste darüber natürlich genau Bescheid, honorierte es durch verbale

Streicheleinheiten: „Ach Tilo (Lukas, René, Tim,), du und ich, wir sind doch die einzigen Künstler hier".

Ich war nicht gegen Uta und habe versucht, ihr das zu zeigen, aber mich hat sie nicht für voll genommen, ich war ja nur die gute Seele. Schließlich ist sie gegangen. Mich hat die Göttin immer in Ruhe gelassen, ich war nie gefährlich, sie weiß, dass sie mich nicht zu unterwerfen braucht. Denn ich bin von der Erde, ihr Olymp interessiert mich nicht, auch bei ihren Wutanfällen wendet sie sich nicht gegen mich, ich bin keine Konkurrenz, ich warte still im Hintergrund. Und ich werde die Frau sein, die überdauert.

Aber Annette ... ach Annette, das Sternenkind. Lieb, freundlich, wunderbare Ideen, sprühendes, warmes Licht. Annette stieß als letzte zum Team. Sie hat mich immer als ihresgleichen betrachtet. Für sie war ich nicht die gute Seele für niedere Tätigkeiten, sondern ganz selbstverständlich eine Künstlerin, eine kreative Weggefährtin auf Augenhöhe. Irgendwann habe ich ihr dann meine Entwürfe und Muster gezeigt, meine geliebten Kinder, die ich solange geschützt und verborgen habe, dass sie im Sonnenlicht ganz unbeholfen aussahen.

Annette war begeistert, unter ihrem warmen Leuchten begannen meine Kinder sich zu regen, plötzlich konnte auch ich sie wieder sehen, meine Träume, meine Kollektion, mein Label.

Und dann hat sie mir ihre eigenen Muster gezeigt, ihre Skizzen, ihre Stoffe, ihre Kleider. Und das

Universum hielt mit mir den Atem an. Es gibt Menschen, wenige Menschen, die sind Geschenke aus einer anderen Welt, sie gehören nicht zu uns. Als ich Annettes Entwürfe sah, wurde ich still und andächtig. Nein, man kann nicht neidisch sein auf Etwas, das aus Himmelsstoff gemacht ist, man sollte es nicht … das wäre Frevel! Man soll es genießen, dankbar sein … und sich gestärkt wieder seinem eigenem Werk zuwenden, das niemals Himmelsstoff sein wird, aber das macht nichts.

Denn ich bin von der Erde und solange Annette noch da war, habe ich wieder glauben können, dass auch mein irdischer Stoff, mein Leinen, meine Farben, ockergelb, sienabraun, ziegelrot, dass sie ihre Berechtigung haben, dass sie schützen und wärmen, vor der Kälte eine Zuflucht bieten würden.

Annette war ein Himmelskind und spielte zwischen den Sternen, arglos, offen, bereit, zu verschenken und zu teilen. Sie hat es nicht begriffen, sie hat diese Welt, in die sie gekommen war, nicht begriffen. Die Welt hoch oben auf dem Olymp, die dünne Luft, das ewige Eis, die Gletscherspalten, all das war völlig fremd für sie. Sie ging davon aus, dass alle waren wie sie selbst, Sternenkinder, die die Welt bereichern. Nein, sie hat nicht verstanden, dass sie eine Gefahr war, dass das Strahlen ihrer Gabe den Schleier der Belfinger- Illusion zerreißen könnte und die Kollektion in ihrer ganzen armseligen grauen Kälte offenbaren würde. Sie hat nicht verstanden, dass die Göttin sie nur deshalb in ihr Team geholt hat, um dieses Strahlen unter ihre Kontrolle zu bekommen, es für sich auszunutzen.

Und nun ist Annette fort. Das Leuchten ist verloschen, jeden Tag mehr hat die Göttin ihr die Luft zum weiterbrennen genommen, hat sie durch falsche Freundschaft verführt.

„Trau ihr nicht", habe ich Annette von Anfang an gesagt, „lass sie nicht an dich ran. Sie ist nicht wie du. Sie wird dich zerstören."

Ich konnte sie nicht retten.

Die Göttin hatte ihr liebreizendstes Gesicht aufgesetzt, war ganz mütterliche Freundin, besonnene Ratgeberin, weise Mentorin.

„Ach, Annette, du und ich, wir sind doch die einzigen Künstler hier." Und „Wir Frauen müssen zusammenhalten, ich werde dir alles zeigen, was du in der Branche brauchst." Annette glaubte ihr, glaubte, dass sie noch viel von ihr zu lernen habe, begann, ihrem eigenen Instinkt zu misstrauen und immer abhängiger vom Urteil der Göttin zu werden.

„Annette, du musst nichts von ihr lernen", habe ich gesagt. „Bleib weg, du bist der Stern, sie ist das Neon."

Aber es hat nichts geholfen. Und als die Göttin merkte, dass sie den Himmelstoff nicht stehlen konnte, weil er in ihren Händen zu Staub zerfiel, da hat sie das Geschenk selbst zerstört, damit niemand mehr weiß, dass es überhaupt einmal existiert hat. Letzten Endes hätte es keinen Unterschied mehr gemacht, wenn sie sie selbst hinunter gestoßen hätte. Annette hat ihr vertraut, hat ihre Seele ausgeliefert. So konnte die Göttin diese Sternenseele jeden Tag ein wenig schwerer, trauriger, schwärzer machen:

durch ihr Gift, die leise Saat des Zweifels, durch die als Fürsorge getarnte unterschwellige Kritik, beharrlich, unerbittlich, erbarmungslos. So schwarz, so schwer wurde die Seele, dass sie fallen musste. Aus dem achten Stock vom Himmel gefallen.

Annette ist fort, ich schneide zu und die Stoffe sind klamm und kalt und riechen nach Friedhof. Frau Belfinger sitzt in ihrem Allerheiligsten, umgeben von ihren Hohepriestern, die ihr huldigen. Du sollst keine Göttin neben mir haben. Aber ich bin noch hier, ich bin die Frau, die überdauert. Auch das Ende überdauert, denn ich bin überzeugt, dass ihre Zeit im Olymp abgelaufen ist, dass das Belfinger Label untergehen wird, es gibt Gerechtigkeit, das weiß ich. Ich schneide zu, die anderen umdrängen sie, ihre schwarzen Haare glänzen, frischgefärbt, wie Espresso, ich höre ihre Stimme, die ohne Unterlass spricht, und dann: „Marianne, Schatz, bist du so lieb?"
Natürlich bin ich so lieb. Ich gehe ins Büro, wärme ihre Tasse vor, die Espressomaschine schnurrt heiß und erwartungsvoll. Still und andächtig bin ich, eine Priesterin. Mehr als eine Priesterin, ich bin Justitia und ich weiß, dass das Universum auf meiner Seite ist. Ich schließe die Tür hinter mir, öffne meinen Schreibtisch, nehme das Glasröhrchen mit dem Grappa-Aroma heraus, das ich gekauft habe. Dann nehme ich die kleine Flasche, die neben dem Grappa steht. Ich gieße zehn Milliliter in die Tasse, träufele ein paar Tropfen Aroma dazu und fülle mit Espresso auf. Sie wird es nicht merken, da ist kein großer

Unterschied. Der heiße Schluck, das Brennen in der Kehle, die leichte Benommenheit, ja, das Methanol wirkt zunächst genauso wie sein Bruder Ethanol, also wie ganz normaler Alkohol. Die zerstörerische Wirkung setzt erst viele, viele Stunden, ja sogar Tage später ein, denn dann wird es im Körper umgewandelt zu Formaldehyd und zur Ameisensäure. Und das führt zwangsläufig zu irreparablen Schäden an Leber, Nieren und am Nervensystem. Eventuell auch zum Tod.

Aber mir liegt nichts an ihrem Tod. Göttinnen werden nicht getötet, Göttinnen werden bestraft. Ja, ihre Augen, die begehrten und – weil sie nicht haben konnten, was sie begehrten – sich an der Zerstörung ergötzten. Diese Augen werden ihr genommen werden. Denn vor allem schädigt Methanol den Sehnerv! Da ich im Internet unterschiedliche Angaben über die Dosis gefunden habe, werde ich die Menge mit jedem Kaffee, den ich ihr bringe, erhöhen. Solange, bis ich Resultate sehe.

Der doppelte Espresso ist fertig und ich trage ihn vorsichtig ins Atelier.

Ja, ich bin ziemlich sicher, dass ich bald einen neuen Job suchen werde, dass es bald kein Rita Belfinger-Label mehr geben wird. Auch keine marmorne Göttin mehr. Nur noch eine blinde Ex-Designerin. Und vielleicht noch nicht einmal die.

erschienen in „Abmurksen und Teetrinken"
Hrsg. Ina Coelen; Leporello Verlag 2011

129

♫ LOTTE AUF ABWEGEN

Die Lotte längs dem Weiher geht.
Lauf, Lotte lauf!
Sie ist allein und es ist spät.
Lauf, Lotte, lauf, Lotte, lauf, lauf, lauf!
Oh liebe Lotte, gute Lotte, lauf doch, lauf!
An diesem dunklen Ort
gab es schon den dritten Mord!

Was raschelt in den Büschen dort?
Lauf, Lotte lauf!
Da hockt ein Mann! Ach renn schnell fort!
Lauf, Lotte, lauf, Lotte, lauf, lauf, lauf!
Oh liebe Lotte, gute Lotte, lauf doch, lauf!
Was tust du? Bleib nicht stehn!
Hast Du ihn denn nicht gesehn?

Das muss fürwahr der Unhold sein!
Lauf, Lotte lauf!
Zu spät, da rennt er, holt sie ein!
Nein, Lotte, nein, Lotte, nein, oh nein!
Ach, arme Lotte, gute Lotte, nein, nein, nein!
Jetzt schreit sie, er schreit mit,
weil sie ihm in die Eier tritt.

Ein Messer blitzt im Mondenschein.
Kämpf, Lotte, kämpf!
Dringt tief in einen Brustkorb ein!
Kämpf, Lotte, kämpf, Lotte, kämpf, kämpf, kämpf!
Ach liebe Lotte, gute Lotte, kämpf – ähm, Lotte?

Sie lacht, das Blut spritzt rot
und der Mann ist mausetot!

Die Lotte geht zufrieden fort!
Was denn, Lotte, was?
Der Schutzmann war ihr vierter Mord.
Was denn, Lotte, was denn, Lotte, was denn -
Ähm! Schluss!

(2019) Melodie: Ein Jäger längs dem Weiher ging

ALLERHEILIGEN

„Allerheiligen", das war der Tag, an dem Mama und ich immer zum Friedhof gingen. Meistens dämmerte es, ich ging gern an ihrer Hand, empfand ein angenehmes Gruseln, wenn ich die vielen kleinen roten Lichter sah und spürte dabei die Wärme ihres Körpers. Ich erinnere mich auch an die feuchte Kälte, an viele lange Mäntel und an unzählige unbekannte Hände, die man schütteln musste.

„Ach, das ist also Dirk. Mein Gott, wie groß er schon ist."

„Ja, Kinder wachsen", sagte Mama dann und lächelte. Dabei wusste sie genau, dass das Getuschel losgehen würde, sobald sie sich wegdrehte.

„Unerhört!" und „Sie scheint sich ja noch nicht einmal zu schämen." und manchmal auch ein mitleidiges: „Sie war ja noch so jung."

Ich weiß nicht, warum sie damals nicht mit mir weggegangen ist aus Kempen, ein neues Leben irgendwo anders gesucht hat, in der Großstadt vielleicht, wo man sich weniger umeinander schert.

„Ich gehöre hierher", sagte sie, wenn ich sie drängte, fortzuziehen.

„Ich bleibe", sagte sie auch, als ich nach dem Studium einen guten Job in Köln fand und sie zu mir holen wollte.

Und sie war geblieben, bis zum Schluss.

Es war noch hell, als ich am Tag von Allerheiligen in Kempen ankam. Wie immer parkte ich direkt am Kuhtor und ging die wenigen Meter zum Friedhof zu Fuß. Ich weiß nicht, warum man irgendwann beschlossen hat, ihn nicht weiter zu nutzen, aber ich bin froh, dass Mama hier liegen darf. So fühle ich mich ihr immer noch nahe, denke daran, wie wir Hand in Hand zu Omas Grab gingen, erst den Hauptgang entlang und kurz vorm Kreuz links. Ich habe meine Oma kaum gekannt, aber Mama erzählte viel von ihr, ging regelmäßig zum Friedhof und manchmal dachte ich sogar, Oma sei noch lebendig und habe sich nur hinter dem Grabstein versteckt.

Nun sind sie beide hier und ich stelle mir vor, wie sie miteinander über mich sprechen und dass sie stolz auf mich sind.

Das Grab war sauber und ordentlich, ich ließ mir die Pflege etwas kosten, leider konnte ich ja nicht jede Woche herkommen und Mama besuchen. Manchmal fühlte ich mich deswegen schuldig, aber dann sah ich Mamas Gesicht vor mir, wie sie lächelte, „Es ist schon in Ordnung, mein Junge".

Dann sah ich die lila Stiefmütterchen und runzelte die Stirn. Mama hasste Stiefmütterchen, sie hatte immer gesagt, es seien Totenblumen. Sie mochte auch keine Nelken oder Chrysanthemen, sie hatte Oma immer Rosen zum Grab gebracht und so hielt ich es auch. Die Stiefmütterchen waren frisch gepflanzt, ich sah es an der aufgeworfenen, dunkleren Erde. Ich würde mit der Gärtnerei sprechen müssen, eigentlich kannten sie dort meine Anweisungen.

„Sie sind hübsch, nicht wahr?"

Verblüfft wandte ich den Kopf. Ich hatte die kleine, gebeugte Frauengestalt, die zwei Gräber weiter gestanden hatte, nur am Rande wahrgenommen. Nun kam sie auf mich zu, blickte mir ins Gesicht. Ich war irritiert, spürte, dass sie eine Reaktion erwartete. Da schlug sie auch schon verlegen die Augen nieder, murmelte etwas von „Es ist schon lange her", und zog die Schultern hoch.

Jetzt wusste ich, wer sie war. Dieses kleine, furchtsame Mausgesicht, die nervösen Hände, die immer an irgendetwas herumnestelten.

„Guten Tag, Frau van der Velde"

Ihr Gesicht strahlte auf.

„Dirk, wie schön, dass du mich doch noch kennst. Wie geht es dir? Es heißt, du arbeitest in Köln?"

Ich hatte sie seit meiner Kindheit nicht mehr gesehen. Sie hatte zu Mamas „Club der Loser" gehört. Anders kann ich diese seltsame Ansammlung von Frauen nicht beschreiben, die abwechselnd an unserem Küchentisch saßen, Kaffee tranken und sich bei Mama ausweinten. Sie waren krank, hatten jähzornige Ehemänner, ungeratene Kinder, aufgequollene rote Hände vom vielen Putzen für zwei Mark fünfzig die Stunde. Und Mama hörte zu, tröstete, kochte Kaffee, stellte Gebäck auf den Tisch und startete ihre Hilfsaktionen. Sie sorgte dafür, dass die Gastarbeiterin (so nannte man das damals noch) aus ihrer überteuerten Bruchbude, in der der Pilz aus den Wänden brach, in eine andere Wohnung ziehen konnte. Sie ging für die kranke Frau Rees einkaufen und hatte eine heftige Unterredung mit einer sehr von sich überzeugten Dame des „Kempener Stadtadels" bezüglich der Behandlung ihrer Putzfrau.

Ich konnte das alles nicht begreifen und es störte mich, wenn wieder so ein Häufchen Unglück in unserer Küche saß, in der ich doch meine Hausaufgaben machen wollte.

„Warum tust du das?", fragte ich Mama, als ich zehn oder elf war. „Über dich haben sich immer alle das Maul zerrissen. Warum hilfst du ihnen?"

Sie zuckte die Achseln. „Man muss vergeben können" sagte sie.

„Man muss vergeben können", das war ihr Lebensmotto. Und sie blieb sanft und freundlich, auch, als ihr ganzer Körper viele Jahre später vom Krebs zerfressen war und sie täglich Morphiumspritzen bekommen musste. Ich nahm unbezahlten Urlaub, zog wieder in unsere alte Wohnung in der Ellenstraße und verbrachte die Tage bei ihr im Krankenhaus. Es war entsetzlich, sie leiden zu sehen, aber sie beklagte sich nicht.

Ich dagegen war nicht von ihrer engelhaften Beschaffenheit. Ich schrie und brüllte gegen den Wind, verfluchte diese teuflische Krankheit, beschimpfte die Ärzte, beschimpfte Gott und flehte ihn gleichzeitig an, sie gesund zu machen. Und dann saß ich wieder erschöpft und verzweifelt an ihrem Bett.

„Es hat alles seine Richtigkeit", sagte sie und legte mir die Hand aufs Haar.

Nur ein einziges Mal in meinem ganzen Leben habe

ich erlebt, dass sie nicht freundlich und beherrscht war. Es ist viele Jahre her und es ging um Hilde van der Velde.

„Es ist ein schönes Grab, nicht wahr?" fragte mich das kleine Mausgesicht eifrig. „Wenn ich meinen Heinrich besuche, gehe ich auch immer bei deiner Mutter vorbei, zupfe Unkraut, stelle ein paar frische Blumen hin."
Und pflanzt hässliche Stiefmütterchen, dachte ich.
„Du hast doch nichts dagegen, oder? Es gefällt dir doch?" Sie sah mich vorsichtig und ein wenig ängstlich von der Seite an.
„Ja, es ist sehr schön, vielen Dank", sagte ich schnell. Sie tat mir leid, sie war so rührend bemüht, es mir Recht zu machen. Gleichzeitig reizte mich ihr Eifer, ich musste an ein kleines Hündchen denken, dass einem unterwürfig um die Beine streicht und ich spürte Wut in mir aufsteigen.

„Diese dumme Kuh! Diese saublöde, dumme Kuh!" Mama tobte und fegte mit einer wilden Bewegung mehrere Tassen vom Tisch.
Ich stand erschrocken in der Tür. Ich muss wohl dreizehn oder vierzehn Jahre alt gewesen sein; ich erinnere mich, dass im Radio die Rolling Stones liefen und ich gerade von der Schule nach Hause gekommen war.
„Mama, Mama, was ist denn?" So hatte ich sie noch nie erlebt, es machte mir Angst.
„Schon gut, Junge" sagte sie und wurde schlagartig ruhig. Sie zündete sich eine Zigarette an und hob mit

einer müden Bewegung eine noch heil gebliebene Tasse auf. „Es ist nur, ach du weißt schon, Frau van der Velde".

Ja, ich wusste schon.

Frau van der Velde war in unserer Küche ein stetig wiederkehrender Dauergast, der ab und zu auch auf der Couch nächtigte. Das erste Mal war ich noch furchtbar erschrocken, als ich ihre aufgeplatzte Lippe und ihr geschwollenes Auge sah. Später hatte ich mich daran gewöhnt.

„Sie geht wieder zu ihm zurück. Er hat sie halb totgeschlagen, aber kaum hat man sie im Krankenhaus einigermaßen zusammengeflickt, rennt sie wieder nach Hause. Sie sagt, es sei ihre Pflicht. Unauflösbarkeit der Ehe, bis dass der Tod euch scheidet . Ha!"

Sie zog hastig an der Zigarette, verschluckte sich und musste husten. „Sogar mit Pfarrer Beckmann bin ich bei ihr gewesen. Was haben wir auf sie eingeredet. Er hat immer wieder gesagt, dass ein liebender Gott so etwas nicht von ihr verlangen würde, für einen katholischen Geistlichen hat er wirklich viel gewagt. Aber es hat nichts geholfen. Ich weiß nicht, was ich noch tun soll."

„Na ja ", sagte ich vorsichtig. „wahrscheinlich will sie sich ja auch gar nicht helfen lassen."

„Da hast du wohl Recht." Sie sah mich prüfend an und schien kurz zu überlegen, ob sie weiter reden sollte. Aber eigentlich haben wir immer über alles geredet, Mama und ich

„Es geht ja nicht nur um sie. Da sind auch die Kinder. Irgendwann bringt der Kerl sie noch alle um, und das Amt, die Nachbarn, alle gucken weg. Wenn er nicht mit der kleinen Ruth noch Schlimmeres anstellt."

Ich wusste nicht, was schlimmer sein konnte, als umgebracht zu werden, aber Mama wechselte abrupt das Thema und fragte nach der Schule.

Die roten Grablichter flackerten. Frau van der Velde zupfte an den Stiefmütterchen herum, fand irgendein imaginäres Unkraut, sah mich wieder vorsichtig von der Seite an. Eigentlich könnte sie jetzt gehen, ich wollte mit Mama allein sein. Aber sie blieb, genau wie damals in unserer Küche nahm sie Mama in Beschlag.

„Wie geht es Ruth?" fragte ich schließlich, nur um irgendetwas zu sagen.

„Ruth?" Ihre Augen flackerten unruhig. „Warum fragst du? Gut geht es ihr, sehr gut. Habe ich zumindest gehört."

Das war wohl die falsche Frage gewesen. Ich räusperte mich, aber da redete sie schon weiter:

„Sie will mich nicht sehen. Ich hätte sie im Stich gelassen. Hat irgend so ein Therapeut ihr eingeredet. Alles Blödsinn. Ich meine ...", sie sah mich flehend an „... eigentlich ist doch das alles nur wegen ihr passiert. Ich bin doch irgendwie klargekommen und der Große, der Michael, ist dem Heinrich ja immer aus dem Weg gegangen, wenn der zu viel getrunken hatte. Es war alles nur wegen Ruth."

„Was?" Ich hätte mir die Zunge abbeißen können, aber die Frage war schon herausgerutscht. Dabei hatte ich die Nase gründlich voll von Hilde van der

Velde, von ihrem hündisch-unterwürfigen Gebaren, von dieser ganzen traurigen Geschichte, die Mama seinerzeit so wütend und hilflos gemacht hatte. Ruth hatte ganz Recht, den Kontakt abzubrechen, inzwischen war ich erwachsen und wusste, wovon Mama an jenem Tag gesprochen hatte.

Dann fiel mir ein, dass irgendwann plötzlich Schluss gewesen war mit den Besuchen in der Küche, den blutigen Augenbrauen und dem Gejammer „ich kann doch nicht weg ... bis dass der Tod Euch scheidet ..... ich kann doch nicht weg." Damals hatte ich nicht weiter darüber nachgedacht, ich war nur erleichtert, dass sie nicht mehr kam, ich war unglücklich verliebt und dokterte an meiner Jugendakne herum. Was interessierte mich das Schicksal einer Frau van der Velde! Viel später, als ich schon studierte, hatte ich Mama noch einmal nach ihr gefragt. Mama hatte ganz komisch geguckt und gesagt, dass der Mann bei einem Unfall ums Leben gekommen und die Frau mit ihren Kindern nach Tönisvorst gezogen sei.

„Was?", fragte ich noch einmal und dieses Mal wollte ich es wirklich wissen.

„Na ja", sie zögerte und ihre Hände kneteten nervös ihren Mantel. „Das alles eben. Es hat ja eigentlich keiner gewollt, am wenigsten deine Mutter. Sie wollte mir doch nur kurz ein paar Tabletten vorbeibringen"

„Was?", fragte ich zum dritten Mal. Mein Bauch fühlte sich ganz dumpf und kalt an.

„Es war ein Unfall. Zumindest haben wir das immer

wieder gesagt. Und es war ja auch einer. Irgendwie. Junge, ich weiß nicht, was ohne deine Mutter aus uns allen geworden wäre. Ich hätte mich das niemals getraut."

Ich sah wieder Mama vor mir, in ihren letzten Lebenswochen, sah ihr leuchtendes Gesicht, ihr Lächeln trotz aller Schmerzen. „Es hat alles seine Richtigkeit, Junge, es hat schon alles seine Richtigkeit."

„Sie wollte es bestimmt nicht, aber er hätte mich sonst umgebracht. Da hat sie halt die Metallvase genommen. Sie hat immer wieder zugeschlagen, auch, als er schon ganz still lag. Ich habe geschrien, sie solle aufhören, aber sie hat mich nur angeguckt und gesagt: ›Du wärst ja doch wieder zu ihm zurückgegangen. Denk an Ruth.‹"

Nun liefen Tränen über das graue Mausegesicht.

„Sie hatte Recht. Ich war so schwach. Bis dass der Tod euch scheidet."

Sie schnäuzte sich und blickte dann auf. „Wir sagten, es sei ein Unfall gewesen. Ich hätte ihm aus Notwehr die Vase über den Kopf gehauen und er wäre dann die Treppe heruntergefallen. Deine Mutter hat das bezeugt und sie haben uns geglaubt, sie haben uns tatsächlich geglaubt. Vielleicht wollten sie es glauben."

Inzwischen war es richtig dunkel geworden. Mir war kalt und mir war schlecht. Ich wollte, dass sie wegging, sofort, und mich und Mama allein ließ.

„Deine Mutter war eine echte Heilige" sagte Frau

van der Velde und ihre Augen leuchteten nun.

„Ja, das war sie", sagte ich. Und da spürte ich, wie mir innerlich warm wurde.

Es ist alles in Ordnung, mein Junge.

erschienen in „Mordsfeste; Kalender-Krimis vom Niederrhein"; Hrsg. Ina Coelen, Leporello Verlag 2009

♫ DIE FRAU, DIE ETWAS AUF SICH HÄLT

Meine Damen, darf ich Ihnen einen kleine Tipp
geben;
zwar ganz winzig, doch verändert er Ihr Leben!
Ich weiß, es klingt für Sie bestimmt ganz antiquiert,
doch wenn Sie eine Frau sind, die nach Luxus giert,
(oder zumindest überleben will heutzutage)
dann ist 's die einzige Möglichkeit!
Was andres kostet viel zu viel Zeit!
Die Frau, die etwas auf sich hält,
die braucht einen Mann mit recht viel Geld!
Die braucht einen Mann mit recht viel Geld!

Früher glaubte auch ich an die Emanzipation,
an gute Arbeit für gerechten Lohn,
und ich glaubte ganz naiv, dass alles möglich wär
für eine Frau wie mich, schließlich bin ich wer!
Doch als die Jahre so gingen ins Land,
da hab' ich vor allem eines erkannt:
Die Frau macht die Arbeit, der Mann kriegt das
Geld.
Sie hat die Ideen, er ist der Held!
Sie hat die Ideen und er ist der Held!

Statt mich mit doppeltem Einsatz weiter abzuplagen
und den halben Erfolg unter Mühen zu erjagen,
mach ich lieber gleich etwas, das mir leichter fällt:
Ich jage einfach Männer mit sehr viel Geld.
Allerdings bloß keinen Millionär,
der hat zu viel Muße, ein Workaholic muss her!
Der kriegt am Morgen 'nen feurigen Kuss …

mehr nicht, weil er schließlich zur Arbeit muss.
Mehr nicht, weil er schließlich zur Arbeit muss.

Und kommt er dann spätabends erschöpft zu mir
heim,
da werde ich ganz lieb und voll Verständnis sein.
„Aber nein, mein Bester, ich bin gern allein zu Haus,
du kannst ruhig noch mehr arbeiten, das macht mir
nichts aus."
Und so ermutigt schafft er das Geld ran,
damit ich mein Leben genießen kann!
Mit Wellness und Gucci und Sushi und Co
und fürs Herz den Giovanni oder Sven oder so!
Und fürs Herz den Giovanni und Sven und Jo!

Meine Lieben, wer redet hier von Abhängigkeit?
Das Ganze ist doch nur ein Arrangement auf Zeit;
über kurz oder lang hat mein Mann 'nen
Herzinfarkt;
irgendwas zur Nachhilfe gibt's sicher auf dem Markt:
sei es Rattengift, sei es Strychnin,
oder ich schick den Giovanni mal hin!
Mach´ dann einen Anruf bei der Polizei
und diese Affäre ist dann auch gleich vorbei.
Diese lästige Affäre ist auch gleich vorbei.

Meine Damen, die Frau die etwas auf sich hält,
die braucht keinen Mann, die braucht nur sein Geld!
Die braucht keinen Mann, es reicht sein Geld!

(2002)

BOUILLABAISSE À LA SABINE

Es schellte. Oh Gott, er ist da! Sie warf noch einen schnellen Blick auf die Uhr. Gut, noch etwa zwanzig Minuten, und die „Bouillabaisse à la Sabine", wie Rolf sie immer scherzhaft genannt hatte, würde fertig sein. Zeit genug, um ein wenig zu plaudern, einen Aperitif zu nehmen und dann in Ruhe zu Tisch zu gehen. Sie atmete noch einmal tief durch, zog ihr enges schwarzes Kleid glatt und öffnete ihrem Gast die Tür.

Er sah mal wieder blendend aus. Irgendwie schaffte er es immer noch, trotz seines Alters und seines unaufhaltsamen gesellschaftlichen Aufstieges, wie ein unbekümmerter Bohemien zu wirken, der mit billigem Rotwein, Käse und Baguette bei Kerzenschein und Boris Vian die Nächte durchdiskutierte. Allerdings war die Flasche Puligny-Montrachet, die er lässig unterm Arm trug, bestimmt nicht im Supermarkt zu bekommen. Michael P. Lehmann hatte seine eigenen Quellen, ob es nun um Wein, frischen Hummer oder Trüffel ging und alles war von beispielloser Qualität. Natürlich, wenn man jahrelang Sterne für Nobel-Restaurants verteilte und dann als Kochbuchautor mit der Medaille d'Or ausgezeichnet wurde ....
Sabine war sich nie sicher gewesen, ob Michael wirklich einen so erlesenen Geschmack besaß oder ob er einfach nur ein Snob war. Sie musste allerdings zugeben, dass er sie mehr als einmal verblüfft hatte. Zum Beispiel damals, als er mit verbundenen Augen

neun von zehn Rotweinen erkannte. Es war eine dieser typischen Männerwetten zwischen Rolf und Michael. Sabine fand das alles ziemlich albern und hatte heimlich einen stinknormalen Tafelwein für 2,99 EUR in die Reihe geschmuggelt. Eben jener zehnte, den Michael nicht zuordnen konnte. Rolf fand das sehr lustig, aber Michael war zutiefst gekränkt. Anscheinend war das für ihn Majestätsbeleidigung und er guckte sie den ganzen Abend nicht mehr an.

„Hallo, Chérie", er küsste sie sacht auf die Wange. Sie roch sein Aftershave, unaufdringlich und doch unwiderstehlich männlich und präsent. Wohl eine extra für ihn gefertigte Rezeptur aus den exquisiten Laboratorien der ganz Großen, dachte sie. Wahrscheinlich sahen die Chemiker dort niemals das Tageslicht und hatten bei Verrat wichtiger Ingredienzien mit der Todesstrafe zu rechnen. „Hallo, bist du gut durchgekommen?" Sie zwang sich zu einem Lächeln.
Er lachte sie schelmisch an: „Du weißt doch, ich kenne sämtliche Schleichwege".
Natürlich. Möglicherweise gab es ganze Straßenzüge, die extra nur für den edlen Zweck gebaut worden waren, Michael P. Lehmann nicht wie den Rest der Menschheit vor roten Ampeln warten zu lassen. Sei vorsichtig, Sabine. Du hast ihn eingeladen, lass ihn denken, dass du ihn magst, also keine zynischen Gedanken mehr, verstanden?
„Darf ich dir den Mantel abnehmen?"
„Oh, du bist ja heute so aufmerksam".

„Zu dir doch immer". Gleich würde ihr schlecht. Durchhalten, lächeln, noch eine halbe Stunde und du hast es hinter dir, Sabine.

„Hier hat sich ja gar nichts verändert!" Er ließ sich in den schwarzen Sessel fallen und schaute sich prüfend um. Sollte das nun ein Kompliment sein oder Kritik? Eines von beiden auf jeden Fall, Michael sagte selten etwas einfach nur so, ohne Hintergedanken. Sie hatte ja selber auch immer wieder überlegt, ob sie nicht alles umstellen, Möbel rauswerfen, am besten das ganze Haus neu einrichten sollte. Irgendwann musste das Leben doch einmal weitergehen. Sie konnte nicht. Da waren zu viele Erinnerungen, zu viele Bilder in ihrem Kopf. Rolf, der sich ein Buch aus dem Regal angelte. Rolf, mit dem Staubsauger über den Teppich fahrend. Rolf, der mit den Füßen auf dem Beistelltischchen vorm Fernseher hing und „Tor" brüllte. In eben jenem schwarzen Sessel. Am liebsten hätte sie Michael aufgefordert, sich woanders hin zu setzen, aber das hätte alles nur unnötig verkompliziert.

„Tja, es kommt mir vor, als sei es gestern gewesen, dass wir drei Musketiere hier zusammengesessen haben."

Halt doch die Schnauze!

Er sah ihr Gesicht. „Entschuldige bitte, wie taktlos von mir."

Verflixt, ganz so gut wie geplant hatte sie sich nicht unter Kontrolle. Sie versuchte, ein tapferes Lächeln zu fabrizieren. „Schon gut, du hast ja Recht. Ich sollte hier wirklich einiges verändern, es hat keinen Zweck, in der Vergangenheit zu leben."

„Gut, dass du das auch so siehst. Auch mich hat sein Tod völlig aus der Bahn geworfen, aber langsam habe ich mich wieder gefangen. Und ich glaube nicht, dass er gewollt hätte, dass wir beide ewig Trübsal blasen, nein, er hätte gewollt, dass wir beide wieder lachen können, ja, da bin ich mir ganz sicher."

Du weißt überhaupt nichts, du aufgeblasener kleiner Wichtigtuer. Beide wieder lachen können…. ja, ja, am besten zusammen im Bett, was?

„Entschuldige bitte, ich muss die Suppe umrühren". Hoffentlich kam das nicht zu abrupt. Schnell noch ein schmerzliches Lächeln über die Schulter, so, das würde ihn wieder in der Ansicht bestärken, die trauernde Witwe erwache aus ihrer Erstarrung und sei nur allzu geneigt, sich in seine starken – und wohlriechenden – Arme zu werfen.

Sonst wäre er wohl nicht gekommen, er hatte sich in den ersten Monaten nach Rolfs Unfall überhaupt nicht gemeldet. Einer für alle, alle für einen? Von wegen. Zunächst hatte sie es seiner Unfähigkeit zugeschrieben, mit der Trauer und dem Schmerz anderer Menschen umzugehen. Für einen Ästheten wie ihn war die Wirklichkeit manchmal einfach zu … zu wirklich.

Darum war sie verblüfft, als sie hörte, er habe sich komplett aus dem gesellschaftlichen Leben zurückgezogen, ja, er habe sogar seine Tätigkeit als Gourmetkritiker niedergelegt, und das am Vorabend der Krönung seiner Laufbahn. Es hatte eine Art kulinarischer Wettkampf im „L' Écrevisse" stattfinden sollen, Michael gegen zwei Mitstreiter (Mitesser?) im Kampf um den Titel des „Palais d'Or" – oder des „Goldenen Gaumens", um es mal ganz prosaisch auf Deutsch zu sagen. Es gab viel Presserummel, die Creme de la Creme inklusive Bürgermeister waren vor Ort und selbstverständlich war das alles für einen guten Zweck, Sudan oder so, jedenfalls hungernde Kinder. Michael war nicht angetreten. Aus Kummer um seinen besten Freund, wie er sagte. Im Blätterwald rauschte es, bösartige Zungen behaupteten, er habe sich nicht seinem jungen Konkurrenten Stefan Wildschneider stellen wollen, aber schließlich beschloss man doch, ihm zu glauben und verehrte ihm gerührt einen Ehrengaumen. (Wie so ein Gaumen wohl aussah? Musste doch eigentlich ziemlich ekelhaft sein. Ob man ihn sich wirklich ins Regal stellte?).

Drei Monate später war dann Michaels preisgekröntes Kochbuch erschienen und er hatte es Rolf gewidmet, „einem Menschen, Freund und Zahnarzt, den er niemals vergessen würde". Ziemlich blöde Widmung.

Aber Sabine war wohl die einzige, die so empfand. Jeder sonst war zutiefst beeindruckt und bewegt über diesen Ausdruck wahrer Männerfreundschaft, der noch über den Tod hinaus einen letzten Gruß in die Ewigkeit sandte. Sabine dagegen kam ins Grübeln. Warum nur hatte Michael, der doch Rolf so gut kannte, sich sogar sein bester Freund nannte, von allen ihm bekannten Eigenschaften und Attributen des Toten ausgerechnet etwas so Profanes und Phantasieloses gewählt wie seinen Beruf?

„Mensch, Freund und Genießer", „Mensch, Freund und Wahlverwandter", ja sogar „Mensch, Freund und Pilzkenner", alles hätte wesentlich besser zu Rolf und vor allem auch zu dem erlesenem Erscheinungsbild dieses Kochbuches gepasst: jedes Foto war ein Kunstwerk, die Gerichte trugen klangvolle Namen wie „La Rêve d'un Faune", oder" La Chanson d'Undine."

Warum hatte Michael in dieser Welt der berauschenden Worte und Farben, die einen die Gerichte fast riechen ließen, etwas so absolut prosaisches wie „Zahnarzt" geschrieben? Da hatte man doch sofort statt satter Küchendämpfe nur Desinfektionsmittel in der Nase. Die Erinnerung an den letzten pochenden Backenzahn ließe dann endgültig alle Visionen von Faunen und Nixen platzen. Nein, diese Anspielung auf die Wirklichkeit passte nicht zu ihm.

Sie passte auch nicht zu der Art von Beziehung, die Michael und Rolf miteinander verbunden hatte. Sabine hatte sich nie dazu durchringen können, das ganze „Freundschaft" zu nennen. Sie hatte damals Rolf durch Michael kennen gelernt und ziemlich bald den Eindruck gewonnen, dass Michael gerne nahm, während Rolf der gutmütige Geber war. Die beiden Männer kannten sich von klein auf, hatten in der gleichen Stadt studiert, spielten regelmäßig zusammen Tennis, besuchten gemeinsam kulturelle

Veranstaltungen. Immer war es Michael, der bestimmte, wohin sie gingen und der sich beleidigt zurückzog, wenn er seinen Willen nicht bekam. Michael im Schmollwinkel, das kannte sie nur zu gut. Freund? Zahnarzt? War Michael auch nur ein einziges Mal bei Rolf in der Sprechstunde gewesen? Sie konnte sich nicht erinnern.

„Komm, ein Schlückchen vorab genehmigen wir uns." Er öffnete den Wein und schenkte ein, sich selbst zuerst, wie es sich für einen Mann von Welt gehörte. Sabine hatte inzwischen die Vorspeisen aufgetragen. Vorsichtshalber hatte sie die Auswahl dem Delikatessengeschäft überlassen.
„Auf dein Wohl, Sabine."
Wie immer sprach er ihren Namen französisch aus, und sah ihr dabei tief in die Augen. Bedeutungsschwanger. Wahrscheinlich malte er sich gerade aus, wie dieser Abend enden könnte. Hast Du eine Ahnung! Ihr Lächeln war zum ersten Mal fröhlich und ungezwungen.

Freund und Zahnarzt. Vor wenigen Monaten erst war Rolf dann doch noch unfreiwillig vom Freund zum Zahnarzt geworden. Es war spät abends, sie waren schon zu Bett gegangen, als das Telefon klingelte. Michael. Er hatte Zahnschmerzen und machte ein riesiges Theater. Nein, zum zahnärztlichen Notdienst ginge er nicht, das waren alles nur Dilettanten. Natürlich habe er Schmerztabletten, aber morgen habe er einen wichtigen Termin und könne sowieso nicht zum

Zahnarzt. Rolf, könntest du nicht? Wozu hat man denn Freunde, komm, alter Junge, hab' dich nicht so. Rolf hatte mal wieder nicht nein sagen können und zog sich schimpfend wieder an. Er kam sehr spät zurück, kuschelte sich durchgefroren an ihren warmen Körper und lachte grimmig.

„Der arme Michael, der hat ganz schön gejault, ich habe beim ersten Betäubungsversuch einen Nerv getroffen. Hätte er doch Schmerztabletten genommen und wäre morgen zum Zahnarzt gegangen wie jeder andere auch, statt mich aus dem besten Schlaf zu reißen. Das hat er nun davon."

Aber sie hatte gespürt, dass ihm eigentlich nicht zum Lachen zumute war, er war in seinem Beruf sehr gewissenhaft und nahm den Schmerz seiner Patienten nicht auf die leichte Schulter. Und dann hatten sie sich geliebt. Es war das letzte Mal, wenige Tage später war er tot, überfahren, und keiner hatte etwas gesehen.

„À table!" Sabine stellte die dampfende Schüssel auf den Tisch. Sie hatte das beste Geschirr genommen (Michaels Hochzeitsgeschenk, sie war sicher, dass er es erkennen würde) und in der Vase auf dem Tisch renommierte eine einzelne Orchidee. Vorsichtig schöpfte sie die Suppe auf die vorgewärmten Teller. Es roch phantastisch, fast so wie immer!

„Bouillabaisse à la Sabine". Ach Rolf.

Bei Kerzenschein prosteten sie sich noch einmal lächelnd zu und begannen dann zu essen.

Wie lange musste sie warten, bevor sie fragen konnte? Mehrere Löffel bestimmt. Aber auch nicht zu viele, sonst wurde es unglaubwürdig. Und in welchem Tonfall? Sie hatte es vorher geübt, war aber zu keinem Ergebnis gekommen. Beiläufig? Oder mit leichtem Zittern, so, als ob ihr wirklich etwas an seiner Meinung läge? Sie entschied sich für das Weibchen, das sich dem starken Geschlecht in allen wichtigen Fragen des Lebens anvertraute. Also: schmecken, die Stirn runzeln, noch einmal schmecken und dann los:

„Ich weiß nicht, aber irgendwie ..." Pause. Weiter: „Nun mal ganz ehrlich, Michael. Habe ich vielleicht zu viel Knoblauch genommen?"

Dieser Blick. Fragen Sie Frau Erika, sie weiß alles, ihr Tadel ist sanft und ihre Weisheit unendlich.

„Gut, dass du es selbst bemerkt hast." Er lachte „Ich wollte dich ja nicht kränken und diese Suppe ist wirklich vorzüglich, wenn man berücksichtigt, dass sie von einem Laien gekocht wurde."

Danke, also etwa so vorzüglich wie kalter Froschlaich.

„Selbstverständlich kann man bei deinem Rezept nicht von einer originalen Bouillabaisse sprechen. Die gibt es nur noch in einer Handvoll ausgesuchter Restaurants. Und dieses Juwel zu Hause kochen zu wollen, das geht nun wirklich nicht so mir nichts, dir nichts. Du hättest mich fragen sollen, ich hätte dir frische Rascasse besorgen können."

Sie zuckte lächelnd mit den Schultern. „Beim nächsten Mal vielleicht."

„Natürlich", dozierte er weiter, „ zwei, drei Rascasse machen noch keine Bouillabaisse. Die richtigen Fische sind für normale Sterbliche äußerst schwierig aufzutreiben, da hättest du tatsächlich einen Fischer aus Marseille heiraten sollen und keinen Zahnarzt ... Bitte vergib mir, das war ein dummer Scherz."

Sabine bemühte sich zu lächeln. Wieder hatte ihre Mimik sie verraten.

„Schon gut", sagte sie, „ich weiß ja, wie du es meinst." Nämlich genauso arschig wie du es sagst. Selbst als Toten versuchst du Rolf noch eine reinzuwürgen. So, wie du es sein Leben lang getan hast. „Du findest also, eindeutig zu viel Knoblauch?"

„Absolut". Michael trank einen Schluck Wein „Es darf nur eine Ahnung sein, ein Hauch von Süden und Mittelmeer. Aber Ihr Frauen müsst ja immer übertreiben".

Obwohl sie nichts anderes erwartet hatte, zuckte sie dennoch zusammen. Schnell griff sie ihr Weinglas, um ihr Gesicht zu verstecken. Irgendwie hatte sie es von Anfang an gewusst. Das Grübeln, die wilden nächtlichen Spekulationen, die sie am nächsten Morgen als Hirngespinste wegzuwischen versucht hatte und die sich hartnäckig immer wieder einstellten. Dann Michaels geliebter dunkelgrüner MG, erst gestohlen gemeldet, dann ausgebrannt aufgefunden. Die Geschichte im „ L' Écrevisse", völlig untypisch für Michael und sein Ego. Und nun dieser letzte Beweis, auf den sie gewartet und den sie gleichzeitig so gefürchtet hatte. Es war ganz einfach: Ihre Bouillabaisse war heute ohne Knoblauch zubereitet.

OHNE. Wohlweislich befand sich noch nicht einmal Knoblauch unter ihren Vorräten. Nicht der kleinste Hauch sollte von irgendwoher in Michaels sensible Nase wehen können. Ja, sogar auf ihr geliebtes Gyros mit Tsatsiki, dass sie sich sonst häufig bestellte, (Kochen? Warum? Für wen denn auch?) hatte sie lange genug verzichtet. Ihr Haus war *Knoblauchfreie Zone.* Und das konnte nur eines bedeuten: Wenn der berühmte Feinschmecker Michael P. Lehmann Knoblauch in ihrer Suppe schmeckte, dann bedeutete das, dass er überhaupt nichts schmeckte! Dass sein berühmter Gaumen tot war. Tot, seitdem ein schlaftrunkener Zahnarzt mit seinem Bohrer ausgerutscht war. Auge um Auge, Zahn um Zahn, nein, das war anscheinend zu billig. Ein preisgekrönter Gaumen ist wohl ein Menschenleben wert. Sie hatte Nachforschungen im Freundeskreis angestellt, ganz beiläufig und diskret. Keiner wusste, wo Michael an jenem regnerischen Abend gewesen war, als Rolf nur noch eine kurze Runde joggen wollte. Aber dass er einen neuen Wagen fuhr, nur kurze Zeit später, das wussten alle. Dann diese Widmung in seinem Kochbuch. Der blanke Hohn über den Tod hinaus. Ja, das passte besser zu Michael als der trauernde Freund. Sein ganzes Leben hatte er sich ja bemüht, Rolf klein zu halten.

Nun denn, sie musste handeln, sie hatte alles genau geplant. Als nächstes würde sie ihn bitten, für eine angenehme Hintergrundmusik zu sorgen, sie habe es völlig vergessen und sein guter Geschmack auch in musikalischen Sphären sei dem ihren ja sowieso haushoch überlegen. Nur diese Schmeichelei gekoppelt mit weiblicher Hilflosigkeit würde ihn dazu bewegen können, seinen halbgefüllten Teller Suppe in Stich zu lassen. Die Mahlzeit, ein geheiligtes Ritual, Michael als ihr Hoher Priester, jede Störung ein unverzeihliches Sakrileg. Und während er dann in der hintersten Ecke ihres Wohnzimmer in den CDs stöbern würde –ärgerlich vor sich hin brummend, denn sie hatte absichtlich alles durcheinander gebracht, um ihn länger zu beschäftigen – würde sie das Tütchen mit dem Rattengift in seine Suppe schütten und vorsichtig umrühren.

Sie war extra in die Kreisstadt gefahren, um es zu besorgen und hatte der Versuchung widerstanden, sich mit Sonnenbrille und Kopftuch zu tarnen. Das war schließlich kein Film. Dennoch hatte sie die ganze Zeit den Eindruck, neben sich zu stehen und ihre Handlungen mit gemischten Gefühlen zu beobachten. Rattengift war nicht sehr originell, aber ihr war nichts anderes eingefallen. Es war schließlich ihr erstes Mal. Und wohl auch ihr letztes, mit Sicherheit würde sie gefasst werden, aber das war gleichgültig, ohne Rolf war eh alles egal.

Rattengift für die Ratte. Er würde es nicht schmecken. Er würde weiter löffeln und ihr noch einmal einen Vortrag über die tiefen Geheimnisse der Kochkunst halten. Dass Frauen das schon ganz passabel könnten, so für den Alltag, aber zu den wahren, unvergesslichen Geschmackserlebnissen, zu diesen Kreationen seien dann doch nur Männer in der Lage. Manchmal stellte Sabine sich diese Männerbünde vor, wie sie sich heimlich in der Nacht trafen, ganz in Weiß, ihre Kochmützen tief ins

155

Gesicht gezogen, unkenntlich gemacht wie beim Ku-Klux-Klan. Ob sie Strafexpeditionen gegen weibliche Restaurantchefs und Köchinnen unternahmen? Summten sie dabei ihre eigene Hymne, während sie das Mobiliar zerschlugen und auf die Vorräte pinkelten?

Unvergessliche Erlebnisse – oh doch, das konnten Frauen sogar ganz ausgezeichnet! Ihre Suppe würde er nie mehr vergessen, schließlich war sie das allerletzte kulinarische Erlebnis, das in seinen Verdauungstrakt geraten würde.

Das Gift lag griffbereit unter ihrer Serviette, sie musste ihn nur noch vom Tisch wegdirigieren. Los Sabine, Operation „Auge um Auge" ist angelaufen, umschalten auf Weibchenmodus, Stimme unter Normalfrequenz, tief, wohlig.

„Sollten wir nicht etwas Musik hören", wollte sie raunen, oder vielleicht besser noch „Michael, sei ein Schatz, könntest du ..."

Ihre Lippen bewegten sich: „Aber du schmeckst doch gar nichts!" Sabine, bist du verrückt geworden? Was soll das denn jetzt? Wie sollst du denn jetzt das Gift in seine Suppe schütten?

Sein Kopf fuhr hoch.

„Wie bitte?"

„Du hast mich genau verstanden, du Arschloch! Du schmeckst doch gar nichts! Und wenn ich dir eine gekochte Katze vorsetzen würde, würdest du es nicht merken!". Nein, nein, alles falsch, saug die Worte zurück in Deinen Mund, schnell, du versaust doch alles, Weibchenmodus, Weibchenmodus, denk an Rolf, er würde… er würde… er würde – was?

Wie hässlich Michael aussah. Hässlich, klein, erbärmlich. Er spielte den Unschuldigen, schaffte es, seiner Stimme einen beleidigten Klang zu geben: „Sabine, ich weiß nicht, was da plötzlich in dich gefahren ist, aber diesen Ton verbitte ich mir."
„Du hast ihn umgebracht, du gemeines Schwein, du hast den nettesten, gütigsten Menschen ermordet, nur weil …" Jetzt heulte sie auch noch. Wie peinlich. Alles umsonst! Von wegen eiskalter Racheengel. Ein jämmerliches Häufchen Elend. Kein „Auge um Auge", nein, „Du sollst nicht töten", das war ihre Wahrheit, ob sie wollte oder nicht. Als junges Mädchen hatte sie einmal hilflos neben einem schwer verletzten Kaninchen gestanden, es hatte geschrien und sie hatte genau gewusst, dass sie nun einen Stein nehmen musste, um das arme Geschöpf von seinen Qualen zu erlösen. Aber sie hatte es nicht gekonnt, hatte zitternd neben dem Tierchen gehockt, bis es endlich tot war. O Rolf, verzeih' mir!
Michael war aufgestanden und schon an der Garderobe.
„Du bleibst, du Ratte" sagte sie und wunderte sich über den Klang ihrer Stimme. Verblüfft stellte sie fest, dass er tatsächlich stehen blieb, sich langsam umdrehte, zu dem schwarzen Sessel ging.
Sie schwiegen. Eine bleierne Stille. So etwas gab es also tatsächlich, keine literarische Erfindung von Frauenbuchautorinnen.
„Also gut", sagte er schließlich, „ich weiß nicht, wie du es herausgefunden hast, aber es ist wahr." Und

dann schnell „Aber du wirst mir nie etwas nachweisen können, ich habe ein erstklassiges Alibi, ich habe es nur bis jetzt noch nicht gebraucht."

„Warum?", fragte sie nur, obwohl sie die Antwort wusste. Aber sie wollte es von ihm selbst hören. Es war so lächerlich, so absurd, und gerade darum so abgrundtief grauenhaft.

„Er hat mein Leben zerstört."

„Aber er hat es doch nicht mit Absicht getan! Er wollte dir helfen!"

„Helfen?" Er lachte laut auf. „Hast du eine Ahnung! Aber du hast ja nie etwas auf ihn kommen lassen. Von dem Tag an, an dem er dich mir weggenommen hat, hast du ihn angebetet. Er hat mir den Grund zu leben genommen, und gerade, als ich mir einen neuen Grund geschaffen habe, hat er auch diesen kaputtgemacht!"

Sabine starrte ihn an. Niemals wäre sie auf die Idee gekommen, dass er ihre kurze Affäre so ernst genommen hatte. Natürlich war sie im Anfang auf ihn geflogen, charmant und gutaussehend wie er war. Und dazu dieses jungenhafte, verschwörerische Lachen. Aber schnell hatte sie feststellen müssen, dass Michael P. Lehmann nur eine Liebe kannte, und die hieß Michael P. Lehmann. War sie denn nicht nur ein hübsches Anhängsel gewesen, etwas für seine Sammlung „Schöner Wohnen, Schöner Leben"? Schon bald waren es damals die Gespräche mit Rolf, die ihr wirklich etwas bedeutet hatten. Sie hatte nie wieder einen Gedanken an diese kurze Episode verschwendet und Michael war sogar ihr Trauzeuge gewesen.

„Immer hat er alles bekommen, was er wollte! Nein, der Erste war er nie, aber der, der zuletzt lachte!" Er verzog das Gesicht. „Der liebe, bescheidene Rolf!"

„Ich habe gewusst, dass du ihn gehasst hast. Er war alles, was du nicht bist und niemals sein wirst!"

Warum sagte sie ihm das überhaupt noch? Es brachte Rolf nicht wieder, nichts brachte ihn zurück. Und ihre Rache, die sie in den letzten Wochen so beflügelt hatte, war auch nichts weiter als ein kindischer Versuch, das Schicksal doch noch umzubiegen.

„Es gab nur einen Bereich, in dem er mich nicht übertrumpfen konnte", Michaels Stimme wurde lauter. „Mein Geschmack! Erlesen. Exquisit. Ein Vermögen wert!. Und das konnte er nicht ertragen, er hat nur auf die Gelegenheit gewartet!"

„Das ist doch völliger Blödsinn! Er war dein Freund! Und dein verfluchter Geschmack kommt schon irgendwann wieder!"

„Aber Rolf nicht!" Plötzlich grinste er „Jetzt, meine Liebe, lache ich am besten."

Dieses Mal hielt sie ihn nicht zurück. Sie war nur noch müde. Hau einfach ab, du Scheißkerl, hau ab!

„Also Sabine, Chérie", er hatte den Mantel an und zog einen unsichtbaren Hut, „Du kannst nichts beweisen, also lass es besser. Und danke für deine Fischsuppe. Gut, dass ich nichts schmecken konnte, sie war immer schon schauderhaft!" Damit ging er.

Sie hockte zusammengekauert auf der Couch und starrte vor sich hin. „Dumpf", dachte sie, aber eigentlich dachte sie noch nicht einmal das.

Ein Schrei, ein Scheppern. Sie lief zur Haustür. Draußen, direkt vor dem Eingang auf der obersten Treppenstufe lag ein aufgerissener Müllsack. Tote Fischaugen glotzten sie an. Diese verflixte Katze vom Nachbarn! Demnächst musste sie wohl ihre Mülltonne mit einem Stein beschweren.

Dann erst sah sie den seltsam verdrehten Körper drei Stufen tiefer, sah den abgewinkelten Fuß und noch mehr tote Augen. Unter der Schuhsohle glitzerten rote und silberne Schuppen.

„Rascasse", sagte sie tonlos.

Erschienen in „Flossen Höher"; Hrsg. Heike & Peter Gerdes, Leda Verlag 2004

♫ RENDEVOUZ

Du – lädst mich heute ein,
wir trinken roten Wein
und ich bin so froh,
das hier hat Niveau
ich brenne lichterloh.

Du—nimmst jetzt meine Hand,
ich bin so gespannt:
gleich gibst du mir den Ring,
ich schmelze schon dahin
mein Leben hat nun Sinn!

Doch dann sagst du, ich würd's gewiss verstehn:
das mit uns könnt nicht so weiter gehn!
Ich sei nett und gut im Bett,
mehr war's nicht,
aber: „Süße, danke schön!"

Ich – bin sicher kreidebleich,
doch ich weiß sogleich:
Mir hilft kein Widerspruch,
mein Weinglas geht zu Bruch
und ich sag leise „Huch!"

Du – läufst los, als Kavalier,
schon steht ein neues Glas vor mir!
Stößt dann mit mir an,
und sagst: Ach, dann und wann
nähmst du mich sicher nochmal dran.

Welch' nettes Angebot!
Du trinkst und wirst knallrot,
du hast wohl Atemnot!

Du warst zu mir gemein,
jetzt sind in deinem Wein
Splitter, scharf und klein!

Ich lass dich jetzt allein,
mit dem Glas in deinem Wein.
Na, dann mal Prost, du Schwein!

(2020)

INVASION

Anfangs wollte ich nichts mit ihm zu tun haben.

„Lieber nicht", sagte ich, als meine Freundinnen in höchsten Tönen von ihm schwärmten und mich dabei seltsam lauernd von der Seite ansahen. „Ich bin nicht der Typ dafür".

„Lass dich doch einfach auf ihn ein", hielten sie entgegen, wollten mir unbedingt in meinem Singledasein etwas Gutes tun. Na ja, nett sah er schon aus, pflegeleicht. Und ja, ich konnte ihn mir gut vorstellen, an einem regnerischen Novembertag, bei Kerzenlicht und einem duftenden Tee. Normalerweise bin ich ja mehr für etwas Schnelles, Pikantes zu haben, am liebsten aus dem Süden, aber, – Sie verstehen mich – jede Frau hat in der Tiefe ihres Herzens diese Sehnsucht nach Geborgenheit und trautem Heim, auch wenn sie es ungern zugibt. Ich wurde also schwach. Und ich habe es bitter bereut, schon nach wenigen Tagen.

Zunächst war es genauso, wie ich es mir vorgestellt hatte: draußen Regen und graue Wolken, drinnen Kuchenduft und mütterliche Instinkte.
Visionen eines anderen Lebens, ohne Bürohetze und Fast-Food-Pizza, ich fühlte mich als die umsorgende, backende, fröhliche Mama, die ich immer für meine (nichtvorhandenen) Kinder sein wollte – Bullerbü-Idylle eben. So scheuerte ich brav regelmäßig die Backformen aus, aber zur Arbeit musste ich trotzdem noch und meine Hausfrauengelüste kühlten ab.

Auch meine Gefühle ihm gegenüber. Sehr bald schon ging mir seine ständige Gegenwart auf den Wecker. Mein freies Singledasein hatte ein Ende, kein Absacker mehr direkt nach dem Büro, nein, ich musste nach Hause, mich um ihn kümmern. Ich hatte mich immer dagegen gewehrt, ein Meerschweinchen oder einen Hamster gegen meine Einsamkeit zu halten – zu viel Verpflichtung. Und nun musste ich mir ausgerechnet so etwas wie ihn einhandeln! Penibel bestand er auf unserem regelmäßigen gemütlichen Kuchenessen, und wenn ich es versäumte, wurde er sauer. Ich fing an, es zu hassen. Sein Geruch, den ich anfangs so gemocht hatte, verursachte mir Übelkeit. Und er fraß! Sie können sich das nicht vorstellen, er fraß und fraß und immer das Gleiche. Nach dem Verdauen wollte er geknetet und massiert werden – bald ekelte es mich an, ihn berühren zu müssen.

Ich wurde ihn nicht mehr los. Alle Versuche, ihn unter die Leute zu bringen, scheiterten. Er hatte sich massiv in mein Leben gedrängt, wurde immer fordernder, als ob ich nur für ihn auf der Welt wäre. Fragen Sie mich nicht, warum ich das mitgemacht habe. Wir Frauen neigen halt manchmal zum Masochismus.

Einmal kam ich nach Hause, es war alles so merkwürdig, so still und drückend warm und überall hing sein säuerlicher Geruch. Ich ging in die Küche, um nach ihm zu sehen.

Da stürzte er sich auf mich, bedeckte mich mit seiner Masse, ich bekam keine Luft mehr, schlug um mich, er war überall, mit letzter Kraft kroch ich ins Wohnzimmer, schlug die Tür zu, aber er quoll durch die Ritzen, kroch über den Teppich, wabernd, stinkend, ekelhaft.

„Lass mich in Ruhe!", schrie ich, „Neeein!"

Und dann wurde ich wach.

Ich zitterte am ganzen Körper.

Nein, nicht mehr! Nie mehr.

Plötzlich war ich ganz ruhig. Ich musste es tun. Wie ferngesteuert stand ich auf.

Er oder ich.

Mein Angriff kam für ihn völlig unerwartet. Ich kämpfte wild und schließlich gelang es mir, ihn komplett in den Ofen zu drücken. Fast eine Unmöglichkeit bei seinen Massen, ich weiß nicht, wie viel Kilo er inzwischen wog. Klappe zu, 180 Grad. Durchs Fenster sah ich zu, wie er zunächst Blasen schlug und dann dick und braun wurde.

Tagelang werde ich nun davon essen können. Aber wahrscheinlich werde ich ihn an die Tauben verfüttern, ich habe für den Rest meines Lebens die Nase voll von ihm.

Hier, sehen Sie das Marmeladenglas? Da ist er drin, ein kleiner Teil meine ich. Ich habe doch noch etwas behalten. Sie können ihn gerne haben, nehmen Sie doch, was ist denn? Ach ja, Hermann heißt er.

erschienen in „Tödliche Torten" Hrsg. Ina Coelen, Leporello Verlag 2005 „Herrmann" ist ein Sauerteig, der immer weitergereicht wird

♫ OLAF LINDENBAUM

Am Brunnen vor dem Tore
sitzt Olaf Lindenbaum.
Und hinter ihm im Schatten
steht Elke, man sieht sie kaum.
Er machte ihr ein Kinde
und ging dann einfach fort.
Stets hoffte sie auf seine Wiederkehr,
doch nun ist das Kind schon im Hort!
Das Kind ist inzwischen im Hort.

Sie ruft: „Olaf, welche Freude,
dich endlich wieder zu sehn!
Wie wär's wenn wir jetzt beide
zu unsrem Kinde gehn?
Der Kleine wird so glücklich sein,
hab ihm viel von dir erzählt.
Vielleicht zahlst du jetzt auch bitte Unterhalt!
Wie schön wär ein bisschen Geld,
ja, schön wäre ein bisschen Geld."

Seine kalten Blicke trafen
sie tief, dann schnauzt er sie an:
„Hab zwar mit dir geschlafen,
doch zahlen? Denk nicht mal dran!
Wer sagt dass ich der Vater bin,
von diesem Kuckucksei!
Warum hast du's denn nicht weg gemacht?
Heutzutage ist doch nichts mehr dabei!"

Im Brunnen vor dem Tore
liegt Olaf Lindenbaum.
Ein Stoß, ein Schrei, verschwunden,
denn schwimmen konnte er kaum.
Und Elke lächelt leise
und geht dann einfach fort.
Gewiss, es war nicht so geplant,
doch bei Arschlöchern hilft nur noch Mord!
Bei Arschlöchern hilft nur noch Mord!

(2016) Melodie: Am Brunnen vor dem Tore

FREUNDINNEN

Ich hätte nicht herkommen sollen.

„Natürlich bist du dabei! Hotel zahle ich, einen Billigflug wirst du wohl irgendwie finden und wir sind alle da!" Wenn Petra sich einmal in Gang gesetzt hat, ist sie eine Dampfwalze. Schon vor Monaten hat sie angerufen, mich auf diesen Termin festgenagelt und keine Entschuldigung gelten lassen. Vier Tage, um ihren Fünfzigsten in Dublin zu feiern. Hat sie denn sonst keine Freundinnen, die sie mitschleifen kann?

„Nein, ich will unsere alte Truppe. Die anderen sehe ich ständig, Euch nicht!"

Das ist es ja gerade! Die alte Truppe! Petra, Monika, Heike und ich. Auf Petra und Monika freue ich mich ja auch, ich habe sie ewig nicht getroffen – aber dass Heike zugesagt hat … Ich an ihrer Stelle wäre nicht gekommen. Irgendeine Ausrede wäre mir eingefallen, ganz gleich, welche, Hauptsache, ich hätte nicht wieder zurück gemusst, zurück auf die grüne Insel, die wir beide damals in beklommenem Schweigen verlassen haben. Ein Schweigen, das mehr oder weniger bis heute angedauert hat.

Ich hätte nicht herkommen sollen.

Als ich im Hotel am Empfang stehe, sehe ich schon Petra und Monika im hinteren Salon sitzen – it's Tea-Time. Noch haben sie mich nicht entdeckt. Eigentlich würde ich gern auf mein Zimmer schleichen, duschen und umziehen wäre schön, aber da blickt Petra hoch. Sie hat sich seit unserem letzten

Treffen nicht verändert – Frauen wie Petra haben kein Verfallsdatum, sie ist noch genauso gepflegt, patent, zeitlos wie sie mit zwanzig war und mit sechzig sein wird. Schon kommt sie schwungvoll auf mich zu geeilt.

„Anna, ich freu mich so! Komm, setzt dich, deine Sachen kannst du später hochbringen, jetzt trink erst einmal einen schönen Tee. Irish Blend, mit Sahne, wie sich das gehört!"

Sie bugsiert mich an den Tisch. Monika ist ebenfalls aufgestanden und umarmt mich herzlich. Sie ist nicht mehr der frische, sprudelnde Schmetterling von früher, das Leben oder sagen wir besser die Scheidung und ihre Rolle als alleinerziehende Mutter von drei Teenagern haben sie müde gemacht. Aber sie lächelt und ist bester Laune. Gerade jetzt werden frische Scones gebracht.

„Himmlisch!" Monika greift sofort zu und beißt verzückt hinein.

„Moment", Petra runzelt die Stirn, „jetzt warte doch mal, so isst man keine Scones. Die haben hier extra Butter mit serviert, und dazu Himbeermarmelade."

Ich muss lachen und auch Monika kichert. Petra kann nicht aus ihrer Haut! Sie weiß immer genau, wie etwas zu sein hat – und wehe, die Realität richtet sich nicht danach. Aber ich mag sie gern, wir sind trotz aller Verschiedenheit immer gut miteinander ausgekommen.

„Was ist so lustig?", fragt sie, doch bevor wir antworten können, springt Monika auf und winkt. „Da ist Heike! Heike, hier sind wir!"

Mir wird schlagartig schlecht, aber dann zwinge ich

mich zu lächeln und drehe mich um. Da steht sie, direkt hinter mir. Heike!

Wir kennen uns alle seit der Schulzeit. Heike war mir damals im Englisch-Leistungskurs aufgefallen. Groß war sie, flippig, hennagefärbte Haare, sie hatte ein lautes, ansteckendes Lachen und ein aufbrausendes Temperament. Sie liebte Irland, irische Musik und irische Zopfmusterpullover, die sie hingebungsvoll während der Unterrichtstunden strickte.

Wir haben ja damals alle gestrickt, allerdings war ich ein hoffnungsloser Fall, meine Pullover mutierten schnell zu riesigen Strickröcken und andauernd kämpfte ich mit verlorenen Maschen. Heike dagegen produzierte ein Kunstwerk nach dem anderen und ich war schwer beeindruckt.

Dafür war sie begeistert von meiner Stimme. Ich schleppte die Gitarre ja überall mit, sang Joan Baez, Bob Dylan, Simon & Garfunkel, Irish Folk, das ganze Programm und so waren wir schnell unzertrennlich.

Die Idee, gemeinsam nach dem Abitur nach Irland zu fahren, kam uns in einer Freistunde, in der wir Petra und Monika von Connemara und dem Ring of Kerry vorschwärmten – nicht, dass wir schon einmal dort gewesen wären. Damals gab es keine Billig-Flieger und Irland war weit weg. Das Land hinter dem Regenbogen, Nimmerland, Avalon – all unsere Phantasie war auf diese wilde, mystische Insel im Westen gerichtet. Die Welt war noch groß und geheimnisvoll. Petra und Monika ließen sich anstecken und die Sache war beschlossen.

Heike. Wir sehen uns einen winzigen Moment in die Augen, dann stehe ich auf.

„Hallo ", sage ich betont ungezwungen und umarme sie schnell. Sie murmelt ein „Anna, ist das lange her, wie geht's dir, gut siehst du aus" und streicht mir wie beiläufig einmal über den Arm, bevor sie sich zu Petra und Monika dreht und – nun plötzlich ganz munter – von ihrem Flug erzählt, der wohl reichlich turbulent war.

So haben wir es auch bei den regelmäßigen Klassentreffen immer gehalten, zu denen wir beide anreisen, sie aus Berlin, ich aus Düsseldorf: freundliche Begrüßung, sich aber dann direkt jemand anderem zuwenden. Wir sind darin so gut, dass es noch niemandem aufgefallen ist, dass wir eigentlich nicht miteinander sprechen.

Auch jetzt kommt keine seltsame Stimmung auf, Petra strahlt und lässt dann doch eine Runde Sekt servieren – Tea Time hin oder her!

„Ich bin so glücklich, Mädels! Auf uns, auf die alten Zeiten!"

Am nächsten Morgen tappe ich gegen acht Uhr in den Frühstücksraum – wir sind für neun verabredet, aber ich habe schlecht geschlafen, bin mit dickem Schädel aufgewacht und brauche dringend einen starken Tee. Ich bin einfach nichts mehr gewohnt. Jedenfalls kein Guinness und erst Recht keinen Baileys mehr, ich trinke sonst Rotwein und den auch nur in Maßen.

Petra hatte uns abends ins „Bleeding Horse" geschleppt, einer der ältesten und berühmtesten

Pubs in Dublin, literarisch erwähnt bei James Joyce – genau dort hatten wir vor dreißig Jahren unseren ersten Abend verbracht. Verrückterweise hatte sich gar nicht so viel verändert. Die hohen Decken im Eingangsbereich, die langen verwinkelten Gänge, die versteckten Ecken, immer wieder mal ein größerer Raum – eine bunte, lockere Atmosphäre und gar nicht so touristisch, wie ich beim Reinkommen befürchtet hatte. Natürlich, ein paar Neuerungen gab es schon, beispielsweise eine Guinness-Zapfstation direkt am Tisch, die man sich freischalten lassen konnte –ziemlich gefährlich, denn so führte schnell eines zum anderen und in Nullkommanichts waren wir ein kichernder, alberner Haufen von Endvierzigerinnen, die sich wie achtzehn fühlten und Arm in Arm „Dirty old town" grölten. Peinlich, aber es schien keinen zu stören. Heike und ich hatten die ganze Zeit vermieden, nebeneinander zu sitzen, aber durch Monikas häufiges Aufstehen (mal auf die Toilette, dann wieder nach draußen, um eine zu rauchen – ja, auch das war anders als früher, keine dichten Rauchschwaden mehr) fanden wir uns dann doch Seite an Seite wieder. Und als wir „For Auld Lang Syne" sangen, ein altes schottisches Lied über Freundschaft und Abschied, hatten wir uns tatsächlich eingehakt. Es war ein seltsames Gefühl, etwas lang Vergessenes war plötzlich wieder ganz vertraut – und es tat weh, denn mir wurde plötzlich so richtig bewusst, was wir eigentlich verloren haben. Ich glaube, Heike ging es ähnlich, wir schauten uns nicht an, ließen uns aber auch nicht los.

Der Abend wurde spät und dementsprechend fühle ich mich heute Morgen: ziemlich alt!

Das Frühstücksbuffet ist deftig und eindeutig nicht das Richtige für meinen flauen Magen. Speck, Rührei, Würstchen, Backed Beans und natürlich Black Pudding. Ich stehe etwas unschlüssig beim Porridge, entscheide mich dann aber doch nur für ein trockenes Toast und schwarzen Tee mit viel Zucker. Als ich mich suchend nach einem Tisch umschaue, entdecke ich Heike alleine am Fenster. Sie hat mich gesehen, schaut zögernd zu mir rüber. Ach, was soll's. Kurzentschlossen lass ich mich auf den Stuhl ihr gegenüber fallen.

„Hast du auch so schlecht geschlafen?"

„Ja. Ich bin schon ewig wach, das ist mein dritter Tee." Sie lächelt schwach. „Vielleicht auch schon mein vierter."

Wir schweigen einen Moment und nippen an unseren Tassen.

„Komisch, wieder hier zu sein", sage ich schließlich „Das heißt, hier in Dublin, im Hotel haben wir ja damals nicht gewohnt."

Heike grinst.

„So weit geht Petras Traditionsbewusstsein dann doch nicht, dass sie uns in diesem Youth Guest-House einquartiert hätte. Weißt du noch? Dieser furchtbar dünne Spülwasser-Tee, den es dort gab?"

„Grauenhaft! Und das weiße, labbrige Brot."

„Drei Sorten muffige Cereals und kalte Eier. Dazu der Geruch von Desinfektionsmittel und stinkenden Socken!"

173

„Aber dafür ein Haufen süßer Rucksack-Jungs aus Australien und Kanada." Wir lachen beide, einen kleinen Augenblick fühlt es sich an wie früher, doch dann ist es wieder vorbei. Ich nehme einen Schluck Tee.

„Ich war in den letzten Jahren häufig in Dublin", sagt Heike jetzt. „Es ist immer wieder toll, aber verglichen mit früher ist es ja leider ziemlich schickimicki geworden. Darum bin ich auch lieber in Cork oder irgendwo an der Westküste."

Wie bitte? Beinahe wäre mir die Tasse aus der Hand gefallen. Ich habe Mühe, sie ruhig abzusetzen, ich bin richtig erschrocken.

„Ich dachte, du wärst nie wieder nach Irland zurück gekommen", rutscht es mir raus.

„Warum denn nicht? Ich liebe Irland!" Sie schaut mich nicht an, als sie das sagt. Ich dagegen kann nicht anders, ich muss sie anstarren, kann es nicht fassen. So sieht sie das also! Ganz schön kaltblütig! Mit einem Schlag ist unsere vorsichtige Vertrautheit von eben wieder dahin.

„Ihr seid ja früh auf." Monika steht an unserem Tisch, wir haben sie gar nicht kommen sehen.

„Ist das nicht herrlich? Aber ich schwöre, ab nächste Woche mach ich Diät." Sie stellt ihren Teller ab, der bis oben hin vollgeladen ist mit Würstchen, Bohnen und gegrillten Tomaten. Zufrieden seufzend sinkt sie auf den freien Stuhl neben mir.

„Petra kommt auch gleich, sie telefoniert noch wegen des Mietwagens."

Mietwagen? Heike scheint genauso überrascht zu sein wie ich, aber wir fragen beide nicht nach.

Monika hat ein Würstchen auf die Gabel gespießt und widmet sich mit Hingabe ihrem Frühstück.

„Ich geh mir auch mal was holen", murmelt Heike und steht auf. Ich schaue ihr nach, wie sie zum Buffet geht. Mir ist plötzlich kalt.

Zwei Stunden später sitzen wir im Auto und fahren Richtung Süden, in die Wicklow Mountains.

„Heute soll sich das Wetter halten" sagt Petra und kurvt munter durch den Linksverkehr, „Ich hatte Glendalough als Überraschung für morgen eingeplant, aber Dublin ist auch im Regen schön, darum hab ich schnell umorganisiert."

Glendalough! Damit habe ich nicht gerechnet, ich dachte, wir bleiben in Dublin! Heike ist ziemlich still. Ich habe ihr Gesicht beobachtet. Als Petra verkündete, dass wir eine Tagestour zur alten Klostersiedlung machen, ist es nach einem kurzen Erschrecken regelrecht versteinert.

Ja, Heike und ich waren dort, damals. Zum Abschluss unseres irischen Sommers. Wir sind eine Woche länger geblieben als die anderen, das war von vorneherein so besprochen. Mit den beiden hatten wir in Jugendherbergen übernachtet, darauf hatte Petra bestanden, die uns genau die jährliche Niederschlagsmenge in Irland vorrechnen konnte und immer schon Wert auf einen gewissen Komfort legte. Als Heike und ich dann alleine waren, trampten wir einfach ins Blaue, mit meinem kleinen braunen Nylonzelt, es regnete ständig aber genau deshalb war Irland so grün und alles war wunderbar. Rucksäcke, Isomatten, Schlafsäcke, eine Gitarre, zwei junge Mädchen, hungrig nach Abenteuern und angefüllt mit klischeebeladenen Vorstellungen über Irland. Am liebsten wären wir ja mit einem Planwagen durch die Gegend gefahren, mit einem dicken, scheckigen Tinker davor, doch das war zu teuer. Aber wir haben es auch nicht vermisst, denn manchmal trafen wir auf ein paar frustrierte Mädchen, die im strömenden Regen mit ihrem Pferdewagen durch die Gegend zuckelten, immer nur ein paar Meilen in der Stunde zurücklegen konnten, während wir spontan der Nase nachfuhren – und wir standen nie lange an der Straße, die Iren nahmen uns immer sofort mit und luden uns oft sogar zu einem Picknick oder Eis ein. Das war Gastfreundschaft! Wir campten wild, wo wir gerade Lust hatten, landeten bei einem Folkfestival irgendwo in Connemara, saßen dort den ganzen Tag in den Pubs und ganz gleich, wo wir waren, überall war Musik! Eine bunte Mischung aus Iren und flippigen Reisenden von überall her! Ich hatte natürlich die Gitarre dabei und wir spielten uns gegenseitig Songs vor, es wurde gefiddelt und auf Felltrommeln geschlagen, dann wieder sprang ein junger Typ auf den Tisch und sang a capella eine alte Ballade und immer hatten wir ein Guinness vor der Nase, das uns irgendjemand dahin gestellt hatte, ohne Kommentar, ohne Forderung. Vier Tage ein einziger Rausch – danach waren wir allerdings ziemlich angeschlagen und beschlossen, unsere Irlandreise mit mystischer Stimmung und viel Ruhe ausklingen zu lassen. Also trampten wir nach Glendalough, dieser wunderschönen uralten

Klosteranlage, in einem malerischen Tal mit zwei Seen. Dort sind wir zwei Tage geblieben.

„Wow", sagt Monika ehrfurchtsvoll, als wir vor dem alten Rundturm stehen. „Das ist ja hier der helle Wahnsinn."

Es nieselt leicht – das Wetter in Irland hält sich zu Petras Bedauern nicht an Vorhersagen – aber dieser leichte Regen verstärkt eigentlich nur die mystische Wirkung, die von diesem Ort ausgeht. Alte moosige Mauern, leichter Nebel, wir haben es damals gespürt und auch heute ist es unverändert, trotz der vielen Touristen. Da ist einfach etwas Ewiges, Erhabenes, Tröstliches.

Plötzlich bin ich froh, wieder hier zu sein, trotz allem, was dann in der Nacht passiert ist und alles verändert hat! Dieser Ort ist heilig geblieben, er konnte nichts dafür. Und genauso plötzlich merke ich, dass ich keine Lust mehr habe, zu schweigen. Keine Lust mehr, mich immer wieder zu fragen, ob ich damals nicht doch hätte anders handeln können, keine Lust mehr, mich schuldig zu fühlen.

„Und? Bist du auf deinen vielen Irlandreisen auch hierhin zurückgekommen?", frage ich Heike und ich weiß genau, dass meine Stimme kalt und provozierend klingt. Aber ihre Eröffnung heute Morgen, dass sie weiter nach Irland gefahren ist, als ob nichts gewesen wäre, hat mich erschüttert und irgendwie wachgerüttelt. Ich habe sie wohl falsch eingeschätzt die ganze Zeit.

„Nein", sagt sie leise und schaut mich merkwürdig an, „seit damals nicht mehr"

„Na, das ist ja immerhin etwas."

Wir können nicht weiterreden, weil Petra und Monika sich wieder bei uns einhängen. Ich spüre weiter Heikes Blicke, beunruhigt, irritiert. Soll sie gucken! Sie weiß doch eh, dass ich es weiß. Davon gehe ich jedenfalls aus. Ich meine, diese Funkstille zwischen uns, dieses sich aus dem Weg gehen, das kam doch nicht von ungefähr! Und unsere stillschweigende Übereinkunft, Petra und Monika nach dem Urlaub etwas von der tollen letzten Woche vorzuschwärmen und dabei Glendalough nur locker in einem Nebensatz zu erwähnen. Ohne uns dabei anzusehen.

Zum Lunch essen wir ein exzellentes Stew in einem urigen Pub mit wunderschönen alten Butzenglasfenstern, die fast schon wie Kirchenfenster wirken. Dazu gibt es Rotwein und zum Nachtisch Guinness Chocolate Mousse. Nach einem Espresso (ja, inzwischen gibt es alle Sorten von Kaffee in Irland, inklusive Latte Macchiato) fahren wir Richtung Dublin. Monika hat den Platz vorn neben Petra ergattert, ich war nicht schnell genug und so sitzen Heike und ich hinten, so weit voneinander abgerückt wie möglich. Die Straße windet sich durch eine phantastische Landschaft: dichte Wälder, Wasserfälle, Berge, Seen. Aber auch Hochmoore schimmern in weiter Ferne in der Spätnachmittagssonne. Es könnte alles so schön sein.

Als wir um eine Ecke biegen, zieht Heike scharf die Luft ein. Dann sehe ich sie auch. Die alte Brücke! Sie sieht noch genauso aus wie früher. Und alles ist wieder klar da in meinem Kopf!

Genau hier hatte Paddy uns den Zeltplatz gezeigt. Paddy, der uns angesprochen hatte, als wir damals in Glendalough mit unseren Rucksäcken am Eiswagen standen und ein Softeis mit diesem typischen Flakestick aßen. Er wollte uns die Straße hoch Richtung Dublin mitnehmen und meinte, er könne uns einen wunderbaren Platz zum Zelten zeigen, direkt an einem wilden Fluss. Er wohne ganz in der Nähe, ein Pub sei nicht weit, dort würde er sich am Abend mit Freunden treffen, Musik machen, Darts spielen, Guinness trinken. Wir sollten doch auch kommen! Das hörte sich gut an! Unseren letzten Abend vor der Rückfahrt wollten wir dann doch nicht mehr in klösterlicher Ruhe, sondern mit Irish Folk und netten Leuten verbringen.

„Petra, halt bitte mal an", höre ich mich sagen. Heike neben mir erstarrt.

„Hier haben wir damals in unserer letzten Nacht gezeltet", fahre ich unbarmherzig fort, „Lasst uns doch aussteigen."

Mir ist jetzt alles egal. Ich weiß nur, dass ich keine Lust mehr habe, ich will jetzt den Ballon zum Platzen bringen, das Ganze hat mich viele, viele Jahre zu viel gekostet. Heike ist selbst schuld, sie musste damit rechnen, sie hätte ja nicht zu kommen brauchen.

Wir klettern aus dem Wagen. Direkt vor uns führt die Straße über die alte Steinbrücke. Tief unten tost der Wildbach.

„Das ist ja traumhaft", ruft Monika begeistert.

Auch Petra schaut sich bewundernd um.

„Hier habt Ihr gezeltet?"

„Ja, da vorne, etwas weiter die Wiese runter." Heike klingt plötzlich ganz gelassen. Sie lässt sich nichts anmerken, sie spielt das Spiel mit. Wir beide spielen und wissen nicht, wie es enden wird.

Wir gehen alle bis zur Brücke, schauen hinunter und hören das Brausen des Wassers. Monika lehnt sich vor, murmelt „Brr, ist das hoch", und dreht sich zu uns um. „Also, ich mach jetzt ein paar Fotos."

„Gute Idee, ich komm mit."

Petra hängt sich bei ihr ein und sie schlendern zum Auto, um ihre Handys zu holen.

Heike und ich bleiben zurück, lehnen an der Brüstung. Und jetzt sehen wir uns an, blicken nicht mehr weg. Dafür ist es zu spät. Wie auf Kommando setzen wir uns in Bewegung, gehen über das Gras, am Rand der Schlucht entlang. Ungefähr 10 Meter unterhalb der Straße bleiben wir stehen.

Das hier ist die Stelle.

„Du willst es also nicht anders", raunt Heike.

Ich spüre ihren warmen Atem an meinem Ohr. Ich stehe direkt an der Kante. Es ist rutschig und ich würde gerne einen Schritt zurück treten, aber Heike ist direkt hinter mir, schirmt mich von den anderen ab, die jetzt oben am Auto stehen und begeistert Fotos in die andere Richtung schießen.

„Wir hätten nie etwas mit ihm anfangen sollen", sage ich.

Endlich! Ich habe es ausgesprochen, habe ihn erwähnt, ihn, den ich seit dreißig Jahren in den hintersten Winkel meines Gedächtnisses verbannt habe. Das Tabu ist gebrochen.

Wir hatten Brian an jenem letzten Abend im Pub
kennengelernt, ein guter Freund von Paddy. Er sah
gut aus, jedenfalls viel besser als Paddy, der nett,
mollig und rothaarig war. Brian dagegen hatte etwas
Mystisches, Wildes. Dunkle Locken, grüne Augen,
er trug eine braune, speckige Lederjacke, rauchte
Selbstgedrehte und konnte phantastisch singen. Das
hat uns beiden natürlich den Rest gegeben, wir
waren sofort bis über die Ohren verknallt! Allerdings
waren wir nicht wirklich darauf aus, ihn
abzuschleppen, das war dann doch nicht unser Stil.
Aber ein bisschen rumschmusen, das wollten wir
beide und es brach ein regelrechter Wettkampf
zwischen uns aus, wer ihn denn nun für sich erobern
könnte. Paddys Freunde waren eine gutgelaunte
Truppe, das Guinness floss in Strömen, Brian
spendierte uns einen Baileys nach dem anderen. Und
er küsste gut. Uns beide, er wollte sich gar nicht
entscheiden und letzten Endes war es uns dann auch
egal. Ich meine, es war unser letzter Abend in Irland,
romantische Verwicklungen konnten wir sowieso
nicht brauchen. Zum Schluss hatte er uns rechts und
links untergehakt, prahlte laut mit seiner deutschen
Eroberung und wurde auf eine unangenehme Art
zudringlich. So betrunken waren Heike und ich dann
doch nicht, rückten energisch von ihm ab und
unterhielten uns wieder lieber mit dem netten,
höflichen, harmlosen Paddy.
Heike steht immer noch hinter mir. Ich spüre ihren
Atem. Unten rauscht der Fluss.

„Wir waren sehr jung. Und ziemlich blöd." Ihre Stimme klingt hart und blechern.

Ja, wir waren naiv, waren vom Folk-Festival gewohnt, dass irische Gastfreundschaft keine Gegenleistung fordert. Nun, Brian wollte eine. Als er begriffen hatte, dass wir nicht im Traum daran dachten, ihn zu einem flotten Dreier in unser Zelt einzuladen, wurde er richtig ekelhaft, fluchte laut über uns „german bitches" und Paddy hatte Mühe, ihn im Zaum zu halten. Seine Freunde schirmten uns auf eine nette, freundliche Art von Brian ab und Paddy, dem das alles furchtbar unangenehm war, entschuldigte sich im Laufe des Abends gleich mehrfach für seinen Freund. Irgendwann hatte der sich wieder beruhigt, hockte schmollend in einer Ecke und starrte uns finster an. Wir machten uns nichts draus, fanden ihn in seiner gekränkten Manneswürde ziemlich lächerlich. Wir haben ihn einfach nicht ernst genommen.

„Meinst du, er ist irgendwann gefunden worden?", frage ich und obwohl ich Angst habe, tut es unendlich gut, ES endlich auszusprechen. Ich drehe mich zu Heike um. Sie schaut mich merkwürdig an, ihre Augen flackern. Vielleicht ist sie ja auch froh, dass das Versteckspiel endlich vorbei ist.

„Ich wusste nicht, dass du die Stelle kennst! Du hast doch geschlafen."

„Nein, Heike, ich hab dich gesehen. Ich hab dich hier gesehen. Mit ihm."

Dieser Moment hat sich auf meine innere Netzhaut gebrannt, seit dreißig Jahren sehe ich es vor mir. Wie ich morgens im Zelt wach werde, früh ist es, ich gähne, mein Kopf tut weh, mein Fuß irgendwie auch und ich habe schlecht geschlafen.

Heike ist nicht da. „Sie kocht Tee", denke ich. Ich krieche aus dem Zelt, die Luft ist klar, das wird ein schöner Morgen. Ich gehe ein paar Schritte, ich muss mal. Gerade als ich mich hinhocke sehe ich Heike. Sie ist keine zwanzig Meter weit entfernt, oben dicht an der Straße, sie zieht und schleppt etwas, etwas Schlaffes, schwer zu Greifendes. Etwas mit dunklen Haaren und einer braunen Lederjacke .

„Du hast dich immer wieder umgeschaut, aber du hast mich nicht gesehen. Dann hast du ihn hier das Steilufer runter gerollt. Und ich bin leise zurück ins Zelt. Ich wollte dir Zeit lassen. Und ich wollte, dass du es mir selber erzählst."

Ja, sie sollte es mir erzählen, dann hätten wir in Ruhe überlegt, was wir tun sollten. Aber als ich scheinbar schlaftrunken aus dem Zelt kroch und „Guten Morgen" murmelte, war sie schon dabei, ohne große Erklärung unsere Sachen einzupacken.

„Jaja, besser früh los, wegen der Fähre", habe ich gemurmelt und wir haben uns nicht angesehen, sind wie selbstverständlich den Waldpfad runter zur unteren Straße gelaufen statt den direkten Weg Richtung Brücke zu nehmen. Die ganze Zeit habe ich darauf gewartet, dass sie es mir erzählt. Sie war meine beste Freundin, ich hätte zu ihr gestanden.

Ja, ich habe gewartet: während der Busfahrt nach Dublin, am Hafen, als wir auf der Kaimauer saßen und Fisch und Chips aßen, sogar noch, als wir bereits im Warteraum der Fähre waren.

Erst als wir durch die Passkontrolle gingen, wusste

ich, dass sie es nie sagen würde. Weder mir, noch irgendjemandem. Und ich wusste, dass ich schweigen würde. Und, dass uns das unsere Freundschaft kosten würde.

„Er ist nicht ins Wasser gefallen, ist auf halber Höhe liegen geblieben." sagt Heike. Sie sagt das einfach so. „Ich bin nicht hinterher geklettert, um ihn ganz rein zu rollen, es war zu spät und wir mussten los. So wurde er zumindest nicht sofort gefunden."

Wir stehen nebeneinander, ich spüre ihre Müdigkeit, sie tut mir leid. Meine ganze Wut ist weg, meine Güte, wir waren doch beide noch halbe Kinder. „Wie ist es passiert?", frage ich vorsichtig „Hat er dir morgens aufgelauert? Er wusste, dass wir früh los wollten. Dieser Bastard! Es war Notwehr, nicht wahr?"

Heike dreht ruckartig ihren Kopf, ihre Augen sind geweitet. Eben noch so ruhig und gefasst, wirkt sie schlagartig völlig verstört. Vielleicht erlebt sie den Moment gerade jetzt noch einmal, vielleicht hat sie es bisher nicht an sich rangelassen. Ich will tröstend ihren Arm nehmen, aber sie wehrt mich heftig ab.

„Spinnst du? Von was redest du eigentlich?", fragt sie so laut, dass ich zusammen zucke. Ist sie jetzt völlig durchgedreht? Wir starren uns an.

„Komm schon", flüstere ich heiser, „Jetzt hast du sowieso schon fast alles erzählt. Es wird dir guttun. Ich weiß es doch, ich wusste es die ganze Zeit. Du hast Brian getötet."

Das ist der Satz, den ich die ganzen Jahre nicht aussprechen wollte, weder vor ihr, noch vor mir selbst, noch vor meinem Therapeuten. Meine beste

Freundin ist eine Mörderin und ich habe sie gedeckt.
„Das sagst ausgerechnet du?"

Heike beginnt zu lachen, sie lacht wie eine Irre! Ich habe eine Gänsehaut, kann mich nicht rühren, mir ist kalt und mir ist schlecht!

„Anna, so betrunken kannst du nicht gewesen sein! Das kannst du mir nicht erzählen, du weißt doch genau, was passiert ist!"

Ich starre sie an, in meinem Kopf ist ein Rauschen, alles dreht sich. Wovon redet sie?

„Anna, ich weiß, dass du nachts noch rumgelaufen bist. Ich war todmüde, aber du wolltest spazieren gehen. Und ich weiß, dass ich morgens Brian gefunden habe. Mit eingeschlagenem Schädel." Sie macht eine kleine Pause. „Und ich weiß, dass deine Hände voller Blut waren! Ich war deine Freundin. Also habe ich gehandelt. Aber du hast mir nicht vertraut, du hast nichts gesagt! "

Mein Kopf fährt weiter Karussell, nein, das kann nicht sein. Dann war es gar nicht …? Sie hat ihn doch weggezogen! Also war er schon tot? Aber …wer? Hilfe! Wer war denn sonst …? Nur sie – und ich! Aber das kann nicht sein!

Sicher, ich war betrunken, ja, aber ich hatte keinen Filmriss, das weiß ich! Weiß ich es wirklich? Ich habe schlecht geträumt in der Nacht, daran erinnere ich mich plötzlich, irgendwie war da Brian, der mit einer wutverzerrten Fratze auf mich zuwankte, und ich, ich konnte nicht weg, so ist das in Träumen und er kam immer näher … Das Rauschen in meinem Kopf wird lauter, ja, da war Blut!

Woher kam das Blut? Es stimmt, meine Hände

waren blutig … und mein Fuß hat wehgetan.

„Ich bin in einen Stacheldraht getreten", höre ich mich sagen. Schlagartig hört das Karussell auf, sich zu drehen, das Rauschen ist weg, ich habe wieder festen Boden unter den Füßen.

„Was?"

„Ich bin nachts mit Sandalen in den Stacheldraht getreten. Mein Fuß hat stark geblutet, aber ich war einfach zu blau, um ihn zu verbinden, hab nur die Wunde zugedrückt und ein Taschentuch drum gewickelt und morgens war es schon fast wieder gut. Hab ich total vergessen, nachdem ich dich gesehen hatte."

„Du meinst?"

„Sieht so aus."

„Aber was ist dann …?"

Wir wissen beide nicht, was wir sagen sollen. Kreidebleich starrt Heike mich an – ich sehe bestimmt genauso aus.

„Was ist, wollen wir weiter?", ruft Petra von der Brücke.

„Moment!", ruft Heike zurück. Wir atmen beide tief durch, dann gehen wir langsam zum Wagen. „Vielleicht gibt es den Pub noch!", raunt Heike „Wir müssen dahin."

Der Pub existiert tatsächlich immer noch. Wir sind in Irland. Den anderen haben wir gesagt, dass wir hier damals einen tollen Abend hatten und darum unbedingt anhalten müssten. Während der kurzen Fahrt im Auto haben wir vor uns hingestarrt, wenn es doch wahr wäre, wenn es wirklich wahr wäre.

Der Schankraum hat sich kaum verändert, die DART-Scheibe hängt tatsächlich noch an der gleichen Stelle, und da sind immer noch Fotografien der diversen Meisterschaften direkt neben den Toiletten. Paddy hatte sie uns damals voller Stolz gezeigt, er hatte mehrfach gewonnen, auch auf überregionaler Ebene.

Heike und ich sind jetzt möglichst beiläufig vor die Fotowand geschlendert, jede hat ein Guinness in der Hand. Da, auf diesem Bild ist Paddy, der Paddy von damals, mollig, rote Haare, er hält stolz einen Pokal in die Höhe. Und, mein Gott, neben ihm steht Brian! Es versetzt mir einen Stoß. Wie jung die beiden aussehen! So alt könnten jetzt unsere Söhne sein. Schrecklich! Es gibt noch weitere Fotos, auf den älteren sind häufig beide zu sehen, mal als Sieger, mal im Hintergrund. Auf den neueren erscheinen sie nicht mehr. Eine ganze Generation von strahlenden DART-Siegern lächelt uns entgegen.

„Hier!", ruft Heike und ich beuge mich vor und betrachte das Bild, zu dem sie mich gelotst hat. Ja, da ist Paddy wieder. Bei der Meisterschaft 2005 sitzt er rechts an einem der Tische. Nicht mehr so jung, nicht mehr so mollig, aber eindeutig Paddy! Vielleicht wohnt er noch hier, wir müssen ihn finden, vielleicht kann er uns weiterhelfen. Vielleicht weiß er, was damals passiert ist. Wir riskieren es, wir kommen aus der Deckung.

„Paddy Fitzgerald." Der Wirt kratzt sich am Kopf. „Den haben Sie also bei ihrer Irlandreise kennengelernt? Ist ja komisch. Wann war denn das?"

„Vor achtundzwanzig Jahren", lügen wir.

Wir wollen uns in der Jahreszahl lieber nicht festlegen.

„Das kann eigentlich nicht sein", erwidert er nachdenklich. „Zu dem Zeitpunkt hat er noch gesessen. Totschlag. Hat im Suff seinen Kumpel erschlagen. Oben an der Straße. Irgendeine Streiterei wegen Mädchen." Er erwärmt sich nun sichtlich für das Thema und ihm scheint nicht aufzufallen, dass Heike und ich uns aneinanderklammern.

„War eine merkwürdige Geschichte. Paddy ist direkt am nächsten Morgen zusammen mit Father O'Connor zur Polizei und hat sich gestellt. Hat alles gestanden – aber wo er den Toten gelassen hat, das war ihm nicht mehr klar. Hat Ewigkeiten gedauert, bis man den am Fluss gefunden hat. Na ja, hat mildernde Umstände gekriegt, nur ein paar Jahre gesessen. Lebt seitdem in Dublin, aber manchmal kommt er noch. Sitzt dann meistens dort in der Ecke und lässt sich volllaufen. Tja, dieser Brian war halt sein Freund – und wahre Freundschaft – die ist durch nichts kaputt zu kriegen."

erschienen in „Porridge, Pies and Pistols";
Hrsg. Ingrid Schmitz; Conte Verlag 2013

♫ BON APPÉTIT

Du sagst es würde heute spät,
ich hör am Tonfall, dass du lügst
und mich mal wieder nur betrügst;
du zählst auf meine Naivität!

Ach, mein Schatz du musst verstehn,
bei dir hilft nur Arsen,
ich tu's dir in die Soße.
Zur Gans, die du so gerne isst
und wenn du nicht mehr bist
leb ich selbst das Vie en Rose.
Du warst immer ein Charmeur,
doch ich glaube dir nicht mehr,
du bist ein Lügen-Virtuose!
Ich habe dir oft, viel zu oft, blind vertraut,
nun ist der Tag für meine Revanche!
Ja, es wird allerhöchste Zeit,
du tust mir auch nicht leid
Das Gift steht schon bereit!

Du kommst mit Rosen durch die Tür,
da ist noch Rouge auf dem Jackett,
ein Haar, das schimmert leicht brünett
und dieser Duft, der stammt von ihr:

Ja, es muss etwas geschehn,
und etwas heißt Arsen
und zwar in großen Dosen!
Ich seh dich essen mit Genuss
und denk mir: „Nun ist Schluss,

mit Fremdgehn und Fremdkosen".
Ach, nun wirst du kreidebleich
Das Gift wirkt ziemlich gleich,
Ich sag schnell „Danke für die Rosen!"
Doch wenn ich dich nicht mehr haben kann,
kriegt dich im Leben auch keine andre.
Ja, du lässt mir keine Wahl,
da bin ich radikal
das war dein letztes Abendmahl!

(2016)

FRÜHSTÜCK BEI GERTI (Hörspiel)

Kaffeegeschirr, weibliches Gelächter, Brötchen werden aufgeschnitten

Werner: Ich geh dann jetzt mal kurz mit dem Hund. Viel Spaß noch, die Damen

Haustür fällt ins Schloss

Erika: Also, dein Werner ist wirklich ein Schatz

Gerti: Was heißt hier Schatz, den hab ich einfach gut erzogen.

Erika: Wie den Hund meinst du?

Alle lachen, bis auf Ingeborg

Erika: Nein, Gerti, du kannst wirklich von Glück sagen, mit deinem Werner. Ihr seid doch gestern erst aus dem Urlaub gekommen, und heute hast du uns schon beim Frühstück auf der Pelle sitzen.

Gerti: Na, da muss er halt durch, den Termin haben wir schließlich schon seit langem festgelegt

Erika: Trotzdem, das hätte mein Heinrich nicht mitgemacht, der mochte das sowieso nicht, wenn ich Besuch hatte. Wurde immer ganz knurrig. Meine Güte, hab ich ihm immer gesagt, ich lass dich doch auch bei uns Skat spielen. Wie hat der mich manchmal geärgert! Ach ja, und nun kann ich tun und lassen, was ich will, aber es macht mir keinen Spaß. Er fehlt mir ja doch. Ach, die Männer – ohne sie geht es auch nicht. Oder was denkst du, Ingeborg?

Ingeborg: Was? Entschuldigt bitte, ich hab gerade nicht zugehört,

Erika: Dass es ohne die Männer auch nicht geht!

Ingeborg: Sicher, da habt Ihr bestimmt recht.

Gerti: Ingeborg? Ist irgendetwas? Du bist so ruhig.

Ingeborg: Nein, nein, es ist alles in Ordnung. Ich – ich habe mich nur mit Hugo gestritten.

Gerti: Du? Mit Hugo gestritten? Na bravo, das wurde auch mal Zeit!

Alle lachen, bis auf Ingeborg

Ingeborg: Entschuldigt mich, ich muss mal gerade ins Bad.

Stuhlgeräusch vom Aufstehen. Schritte weg. Betretenes Schweigen

Erika: Meine Güte, ist die empfindlich.

192

Gerti:	Na ja, er ist halt ihr Gott. Also, dass ich das noch erleben darf, dass sie sich endlich einmal gestritten haben. Schade, dass wir weg waren, das hätte ich zu gerne gehört!
Erika:	Wie meinst du das?
Gerti:	Na, die Wände hier sind doch so dünn, wir kriegen ziemlich genau mit, was neben uns los ist. Im Urlaub, da hab ich noch zu Werner gesagt: „Meine Güte, ist das schön, nicht ständig Hugos lautstarke Nörgeleien im Ohr zu haben." Dem kann die Ingeborg wirklich gar nichts recht machen.
Erika:	Na ja, er hat es aber auch nicht leicht, wie ich gehört habe.
Gerti:	Ach, der war auch vor dem Unfall schon ein Ekel. Im Rollstuhl ist er nur noch unausstehlicher geworden. Der Werner hilft jetzt ab und zu, tauscht mal eine Birne aus, kümmert sich um den Männerkram, das kann der Hugo ja alles nicht mehr machen. Wir haben auch einen Schlüssel, für den Notfall. Aber meinst du, der Hugo würde sich mal bedanken? Nichts. Er will auch überhaupt nicht mehr aus dem Haus, igelt sich ein und macht der armen Ingeborg das Leben zur Hölle.

193

Und sie wehrt sich nicht, springt
um ihn rum wie ein Hündchen, will
ihm alles rechtmachen. Du kennst
sie ja.

Erika: Stimmt. Sie war ja nie besonders
helle. Aber lieb.

Gerti: Psst, sie kommt.

Schritte zurück, Stuhlgeräusch

Ingeborg: Du hast doch sicher noch ein
Tässchen Kaffee für mich, Gerti

Gerti: Aber natürlich. Bitteschön! Ich
wollte dich wirklich nicht kränken,
Ingeborg

Ingeborg: Ach, schon gut, das weiß ich doch.

Gerti: Ich habe es dir nur schon so oft
gesagt, der Hugo braucht
Widerstand. Der darf sich nicht so
viel bei dir rausnehmen.

Ingeborg: Das habe ich ja versucht – und
jetzt redet er nicht mehr mit mir

Gerti: Was war denn los?

Ingeborg: Ich weiß nicht, ich möchte euch
nicht langweilen

Erika: Aber nein, du langweilst uns nicht.
Erzähl doch einfach mal.

Gerti: Also, Ihr habt euch gestritten.

194

	Worüber denn?
Ingeborg:	Er wollte mir verbieten, heute zu dir zu kommen
Erika:	Warum das denn?
Ingeborg:	Ich weiß es nicht, ich hab ihn so gebeten, hab gesagt, dass doch auch die Erika kommt und ich mich schon so darauf freue, aber er hat immer nur „Du gehst nicht!" gesagt und wurde richtig laut und da habe ich plötzlich zurückgeschrien, das hab ich noch nie gemacht, ich war selbst so erschrocken …
Gerti:	Und dann?
Ingeborg:	Nichts. Er spricht nicht mehr mit mir, starrt einfach durch mich durch. Dabei hab ich mich doch schon längst entschuldigt. Immer wieder. Aber er redet einfach nicht mehr mit mir
Erika:	Wie bitte? Also ich finde wirklich, er ist derjenige, der sich entschuldigen sollte, nicht du. Mein Heinrich war zwar manchmal schwierig, aber er hätte mir niemals verboten, meine Freundinnen zu besuchen!
Ingeborg:	Heute Morgen habe ich ihm extra sein Lieblingsfrühstück gemacht,

mit echtem Schwarzbrot. Hab ihm sein Ei gekocht, butterweich, wie er es mag, sogar die gute Tischdecke aufgelegt. Ich habe mich wirklich so bemüht, alles richtig zu machen … er hat nichts angerührt.

Erika: So ein gemeiner Kerl.

Ingeborg: Nein, das ist er nicht, er hat es einfach schwer! War früher immer so viel unterwegs, die Rente war schon schlimm genug für ihn, aber dann noch der Unfall. Er kann nichts dafür.

Gerti: Na, du aber auch nicht

Ingeborg: Doch. Es war meine Schuld, ich hätte einfach nicht mit dem Frühstückstreffen anfangen sollen, ich hab nicht mehr dran gedacht, dass er gar nichts davon wusste. Es ging ihm sowieso nicht besonders gut, weil es doch so heiß war und er hatte nachts kaum geschlafen und dann komme ich und reg ihn auf …

Erika: Wieso du? Er hat sich doch selbst aufgeregt!

Gerti: Moment, dass ich das richtig verstehe, er hat dir nur deshalb verboten, zum Frühstück zu kommen, weil du ihm nicht sofort davon erzählt hast?

Ingeborg: Aber ich bin doch oft bei dir zu Besuch, ich konnte doch nicht ahnen, dass er das so unbedingt wissen wollte. Und der Termin stand schon so ewig fest, da hab ich vergessen, es ihm direkt zu sagen. Das ist doch nicht schlimm? Oder etwa doch? Es tut mir so leid

Gerti: Also, uns gegenüber musst du dich nun wirklich nicht rechtfertigen. Du hast überhaupt nichts verbrochen

Erika: Ist es denn wirklich so schrecklich, wenn er nichts sagt? Mein Heinrich konnte auch ganz gut schmollen. Da hab ich immer gesagt: Schmoll du mal und hab mir selbst einen schönen Nachmittag gemacht

Ingeborg: Der Hugo kann so stur sein. Wenn er sich über mich geärgert hat, dann kann er stundenlang nichts sagen und durch mich durch sehen, das bin ich gewohnt. Aber so lange wie jetzt …. Ich hab so darauf gewartet, dass Ihr endlich wieder kommt, Gerti. Ich dachte, vielleicht kann der Werner mal mit ihm …

Gerti:	Versuchen kann er es ja. Ach, wenn man vom Teufel spricht …

Schlüsselgeräusch an Tür; aufgeregtes Hundewinseln

Werner:	Ist ja gut, Timmi, ist ja gut. Aus! Aus, sag ich!
Gerti:	Was ist denn los?
Werner:	Ich weiß nicht, der Hund ist total verrückt. Den habe ich eben schon kaum von Eurer Tür weggekriegt, Ingeborg, aber jetzt ist er richtig wild. Irgendwas riecht bei Euch aber auch komisch.
Ingeborg:	Was? Das ist mir gar nicht aufgefallen.
Werner:	Ja, als ob der Abfluss wieder verstopft ist. Ich gehe direkt rüber und guck mir das an.
Gerti:	Gut, dann kannst du dem Hugo auch gleich den Marsch blasen. Der benimmt sich mal wieder wie der letzte Mensch!
Ingeborg:	Ach nein, lieber doch nicht, sonst wird er noch böser, es kommt schon alles in Ordnung.
Werner:	Wo ist denn der Schlüssel?
Ingeborg:	Nein, wirklich, das muss nicht sein. Bitte nicht

Gerti:	Wo schon. Am Schlüsselbrett
Werner:	Reg dich nicht auf, Ingeborg, ich sag nichts, versprochen. Guck mir nur den Abfluss an, der Hugo muss doch schon halb tot sein bei dem Gestank *(lacht)*

Schritte weg, Tür schlägt zu

Gerti:	Das wird schon, Ingeborg. Er kann ja nicht ewig schweigen. Wann war denn der Streit?
Ingeborg:	Es war so heiß. Ich hätte gar nichts von heute sagen sollen. Ich hatte gerade die Spiegeleier in der Pfanne. Dienstagmorgen war es.
Gerti:	Wie bitte? Wir haben Freitag!
Werner:	*(von nebenan)* Ach du Scheiße! Mein Gott!
Ingeborg:	Er wollte mich nicht zum Frühstück lassen. Hat über euch geschimpft. Hat dich ein dummes Dragoner-Weib genannt, Gerti. Und den Werner einen Waschlappen. Da hab ich irgendwann losgebrüllt und ich hatte doch noch die Pfanne in der Hand … Ich hab mich sofort entschuldigt, wirklich, aber der Hugo hat nur gestarrt und jetzt sagt er nichts mehr, er redet nicht mehr mit mir, starrt nur vor sich

hin, starrt durch mich durch, kalte
Augen, redet nicht mehr *(ersterbende
Stimme)*

Schlüsselgeräusch an Tür

Werner: Gerti, ruf die Polizei

(2010)

♫ GUTE NACHTLIED FÜR ERWACHSENE

Ade zur guten Nacht,
du hast mit mir Schluss gemacht
und lässt dich scheiden.
Ach, mir tut das Herz so weh,
doch du bist so kalt wie Schnee:
Du lässt mich leiden.

Wir waren ein so schönes Paar,
ich ahnte nichts von der Gefahr,
dass ich dich verliere!
Doch als sie ins Zimmer kam,
wusste ich, du bist polygam,
sah deine Begierde.

Sie war so tief dekolletiert,
da hast du mich abserviert,
für eine Brünette.
Viel Busen und kleiner Po,
das magst du ja sowieso
in deinem Bette.

Drum hab ich Gerüchte gestreut,
so leichtgläubig sind sie, die Leut',
dass du ein Perverser bist.
Das glaubt auch die Polizei,
die waren gleich ganz Ohr dabei;
nenn du es ruhig Hinterlist.

Denn in der letzten Nacht,

da hab ich sie umgebracht,
mit deiner Krawatte.
Sie ward nur mit dir gesehn,
das find ich besonders schön,
mein lieber Gatte.

Ade nun zur guten Nacht!
Jetzt hamse dich weggebracht,
und ich werds beeiden:
dass du im Liebesspiel
gern schlägst, trittst und würgst so viel!
Jetzt musst du halt leiden.

Dass du ein Perverser bist,
das glaubt mir auch jeder Jurist;
denn ich werds beeiden!
So musst du halt leiden!
Und ich lass mich scheiden!

(2010) Melodie: Ade zur Guten Nacht

Noch mehr Kurzkrimis & mörderische Songs

Nicht nur zur Altweiber-Sommerzeit,
nein auch im Winter, wenn es schneit …
es wird fröhlich weiter gemordet!
Zu jeder Jahreszeit, bei Regen und
Sonnenschein, bei Tag und bei Nacht,
irgendwann heißt es: Upps!
Firmenfeiern können dabei genauso
tückisch sein wie Familienfeste; und auch
die schöne Weihnachtszeit ist oft
lebensgefährlich. Ach ja, was den
Weihnachtsmann betrifft: diesem
Kontrollfreak ist eh nicht zu trauen!

MORGEN KOMMT DER WEIHNACHTSMANN

„Was soll das, bist du verrückt geworden?"
Er hat sich noch nicht umgezogen. Ist wohl direkt in seine Küche gerannt, um den Herd anzustellen. Nun schwitzt er. Sein Gesicht glänzt rot und aufgedunsen. Mit dem weißen Bart und der roten Mütze sieht er einfach lächerlich aus.
„Wo ist sie?"
„Ich weiß es nicht, wie oft soll ich das noch sagen!"
„Lügner!"

Dieser Volker war mir von Anfang an nicht ganz geheuer gewesen. Allerdings hatte ich mein Unbehagen darauf geschoben, dass er im schönsten Altweibersommer eine Schachtel halb geschmolzener Dominosteine herauskramte und dabei mit tiefer Stimme „Für die Engelchen" brummte. Nicht, dass ich etwas gegen Weihnachten hätte - im Gegenteil. Ich dekoriere meine Wohnung, verbringe Heiligabend mit meiner besten Freundin Mira bei Karpfen und Wein, ich backe sogar Plätzchen.
Aber bitte alles zu seiner Zeit. Das „Morgen-kommt-der-Weihnachtsmann"-Geplärre in den Supermärkten, während ich noch nicht einmal die Fotos vom Sommerurlaub von der Speicherkarte geladen habe, macht mich nervös.
Und dann Volker mit seinen Dominosteinen. Mira hatte zum Picknick geladen, wollte ihn mir als ihren neuen „Mister Right" vorstellen. Kennen gelernt

hatte sie ihn im VHS- Wochenendseminar „Französisch kochen". Das war jedenfalls besser als damals bei Tom (Disco) oder gar Henning (Sauna). Wie immer war Mira Feuer und Flamme und wie immer war ich vorsichtig.

Mira und ihre Männer. Bis jetzt hatte sie sich jedes Mal den Falschen ausgesucht und wenn es dann vorbei war, musste ich wieder einmal erste Hilfe leisten – seelisch. Aber nur allzu oft auch ganz praktisch, mit kalten Kompressen und Arnikasalbe. Nein, sie hatte wirklich kein gutes Händchen in Sachen Partnerwahl.

Dabei war sie intelligent, hatte sogar mal studiert. Und sah mit ihren roten Haaren und ihrem spitzbübischen Lächeln geradezu unverschämt gut aus. Die Männer lagen ihr zu Füßen, aber mit untrüglichem Instinkt wählte sie immer den mit der Macke und dem Goldkettchen ...

Auszug aus „Morgen kommt der Weihnachtsmann" erschienen in „Leise rieselt der Schnee ...", Hrsg. Gisa Klönne; Ullstein Verlag 2003

ALTWEIBERSOMMER

Der Himmel hat sich verdunkelt, und ein kühler Wind ist aufgekommen. Ich setze einen Fuß vor den anderen, Wie-soll-ich-es-tun-wie-soll-ich-es-tun, der Rhythmus meiner Schritte und meiner Gedanken geht synchron. Wie töte ich Frau und Schwiegermutter? Dass Mutti auch dran glauben muss ist klar, die würde Verdacht schöpfen und die Polizei auf mich hetzen. Aber wie kriege ich das unauffällig hin? In Filmen geht das so einfach! Da engagiert man einen Profikiller und ist selbst zur Tatzeit ganz woanders. In Amerika sind das traditionell eher Italiener (zumindest ist das in den Klassikern so, mit de Niro oder Pacino), hier in Deutschland tippe ich dagegen auf irgend so einen Iwan oder Wladimir von der Russenmafia. Mit Tattoo und Glatze.

Schalldämpferpistole, plopp (Babsi) und plopp (Mutti), und weg ist er wieder. Im Dark-Net wimmelt es angeblich von solchen Angeboten, aber wie kommt man da rein? Kann ich das Dark Net googlen? Und was für Spuren würde ich dann hinterlassen? Ich bin nicht sehr affin mit dem Internet, überhaupt stehe ich den neuen Medien skeptisch gegenüber – was meine Berufschancen ja auch nicht gerade verbessert. Die Möglichkeit, wie beim „Fremden im Zug" einfach jemanden anzuquatschen, der extrem unglücklich aussieht und die Morde tauschen (meine Frauen, dein Chef), nein, nein … ! Konzentrier dich, Peter! „Ich-werde-es-tun-ich-werde-es-tun", die Worte haben sich geändert, der Rhythmus meiner Schritte ist geblieben. Komisch, eigentlich, dass ich nicht schon früher auf diese Idee gekommen bin – erst an jenem ersten Abend genau hier an dieser Stelle. Gut, bis vor drei Monaten war mein Dasein ja auch durchaus erträglich. Ich saß in Bibliotheken, guckte meine Lieblingsfilme, recherchierte in Archiven und wenn Babsi jammerte, das Geld reiche nicht und ich solle doch auch mal mit anpacken, konnte ich immer gut argumentieren, dass meine Doktorarbeit vorgehe und wir uns danach nie wieder Sorgen machen müssten. Nur leider, irgendwann bin ich fertig geworden, ich habe es hinausgezögert, solange ich konnte. Seitdem nur noch Stress. Und Angriffe persönlichster Art.

Wie-soll-ich-es-tun-ich-werde-es-tun-wann-soll-ich-es-tun-wie-soll-ich-es-tun. Meine Schritte haben sich unwillkürlich beschleunigt. Zwei Hundebesitzer kommen mir entgegen, angeregt diskutierend, während ihre Tölen frei herum streifen. Schnell gehe ich weiter. Ich hasse Hunde. Hunde! Man könnte natürlich auch Dobermänner dressieren, wie in dem Colombo-Film. Babsi sagt „Rosebud" und schon fallen sie über sie her. Aber warum sollte Babsi „Rosebud" sagen? Ich habe sie nie dazu bewegen können, mit mir „Citizane Kane" zu gucken. Ganz abgesehen davon, dass ich ja Angst vor Hunden habe. War auch nur so ein Gedanke.

Auszug aus „Altweibersommer" erschienen in „Die gruseligsten Orte in Köln", Hrsg L. Kreutzer/U. Gardein; Gmeiner Verlag 2019

HOME FOR CHRISTMAS

„I'll be home for Christmas", singt Bing Crosby in mein Ohr. Ich habe mir diese ganzen alten Weihnachtsschnulzen aufs Handy geladen, ach, ich liebe sie – und der Mann hat ja so was von Recht! Weihnachten muss man zu Hause sein. Und mit Zuhause meine ich jetzt nicht das Elternhaus oder so, danke, nein. Zuhause, das ist der Mensch, den man liebt. Zuhause: Das bist du!

Und genau dahin gehe ich gerade. Nach Hause! Zu dir! Es ist schon richtig dunkel und der schmale Siebenmorgenweg entlang der Eisenbahnlinie ist in diesem Abschnitt ziemlich einsam, aber ich finde das gut – so kann ich mitsingen, ohne dass ich blöd angeguckt werde. „I'll be home for Christmas"! Okay, am Heiligabend wird es wohl keinen interessieren, wenn jemand Weihnachtslieder vor sich hin trällert. Übrigens ein sehr glücklicher Jemand, ich tanze sogar ein bisschen hin und her – nein, das ist wirklich gerade richtig so, dass hier kein Mensch mehr unterwegs ist. Um diese Uhrzeit sind alle entweder in der Kirche oder schon irgendwo eingeladen, stellen den mitgebrachten Rotwein auf den Tisch, vom Herd wehen Duftschwaden von Gänsebraten und Rotkohl herüber. Vielleicht sind sie ja auch Vegetarier und schnibbeln Champignons fürs Raclette, angeln die Antipasti aus den Plastikschälchen und richten sie stilvoll an, auf teurem Porzellan. Es nieselt leicht und es ist mal wieder gar nicht kalt. Schnee wäre jetzt natürlich viel romantischer, aber das ist mir heute wirklich völlig egal. Ich laufe und hüpfe und genieße jeden einzelnen Schritt, der mich näher zu dir bringt, koste ihn voll und ganz aus! Endlich! Wie oft habe ich schon davon geträumt!

Ach Schatz, ich kann es kaum erwarten, dein Gesicht zu sehen. Du rechnest nicht mit mir, nein, aber ich weiß genau, dass du übers ganze Gesicht strahlen wirst, wenn du die Tür öffnest und siehst, wer da am Heiligabend auf deiner Matte steht. Du wirst strahlen wie der sprichwörtliche Weihnachtsbaum und natürlich wirst du mich küssen, sofort. Okay, vielleicht doch nicht ganz sofort, du bist ja eher der zurückhaltende Typ. Du wirst mich hineinbitten und ich werde den Champagner und den Kuchen überreichen, italienischer Panettone, so richtig stilvoll und romantisch. Und dann wirst du mich küssen und auf deine Couch ziehen (im Wohnzimmer steht eine, die sieht ganz gemütlich aus, soweit ich das von draußen erkennen konnte) und alles wird wieder sein wie früher, als alles noch gut war, bevor SIE gekommen ist und dich mir gestohlen hat …

Auszug aus „Home for Christmas" erschienen in „Tödliche Zimtsterne" Hrsg. Gitta Edelmann; Leinpfad Verlag 2015

Aktuelle Termine und Projekte unter:
www.jutta-wilbertz.de

Krimiprogramme, Krimikonzerte,
Wohnzimmerlesungen und vieles mehr
(auch online möglich)

Kontakt: info@jutta-wilbertz.de